鲁迅文学奖获奖作家作品典藏 鲁迅文学奖获奖作家作品典藏 鲁迅文学奖获奖作家作
鲁迅文学奖获奖作家作品典藏 鲁迅文学奖获奖作家作品典藏 鲁迅文学奖获奖作家作品典藏 鲁迅文学奖获奖作家作
鲁迅文学奖获奖作家作品典藏 鲁迅文学奖获奖作家作品典藏 鲁迅文学奖获奖作家作品典藏 鲁迅文学奖获奖作家作
鲁迅文学奖获奖作家作品典藏 鲁迅文学奖获奖作家作品典藏 鲁迅文学奖获奖作家作品典藏 鲁迅文学奖获奖作家作
鲁迅文学奖获奖作家作品典藏 鲁迅文学奖获奖作家作品典藏 鲁迅文学奖获奖作家作品典藏 鲁迅文学奖获奖作家作
鲁迅文学奖获奖作家作品典藏 鲁迅文学奖获奖作家作品典藏 鲁迅文学奖获奖作家作品典藏 鲁迅文学奖获奖作家作
鲁迅文学奖获奖作家作品典藏 鲁迅文学奖获奖作家作品典藏 鲁迅文学奖获奖作家作品典藏 鲁迅文学奖获奖作家作
鲁迅文学奖获奖作家作品典藏 鲁迅文学奖获奖作家作品典藏 鲁迅文学奖获奖作家作品典藏 鲁迅文学奖获奖作家作
鲁迅文学奖获奖作家作品典藏 鲁迅文学奖获奖作家作品典藏 鲁迅文学奖获奖作家作品典藏 鲁迅文学奖获奖作家作
鲁迅文学奖获奖作家作品典藏 鲁迅文学奖获奖作家作品典藏 鲁迅文学奖获奖作家作品典藏 鲁迅文学奖获奖作家作
鲁迅文学奖获奖作家作品典藏 鲁迅文学奖获奖作家作品典藏 鲁迅文学奖获奖作家作品典藏 鲁迅文学奖获奖作家作
鲁迅文学奖获奖作家作品典藏 鲁迅文学奖获奖作家作品典藏 鲁迅文学奖获奖作家作品典藏 鲁迅文学奖获奖作家作
鲁迅文学奖获奖作家作品典藏 鲁迅文学奖获奖作家作品典藏 鲁迅文学奖获奖作家作品典藏 鲁迅文学奖获奖作家作
鲁迅文学奖获奖作家作品典藏 鲁迅文学奖获奖作家作品典藏 鲁迅文学奖获奖作家作品典藏 鲁迅文学奖获奖作家作
鲁迅文学奖获奖作家作品典藏 鲁迅文学奖获奖作家作品典藏 鲁迅文学奖获奖作家作品典藏 鲁迅文学奖获奖作家作
鲁迅文学奖获奖作家作品典藏 鲁迅文学奖获奖作家作品典藏 鲁迅文学奖获奖作家作品典藏 鲁迅文学奖获奖作家作
鲁迅文学奖获奖作家作品典藏 鲁迅文学奖获奖作家作品典藏 鲁迅文学奖获奖作家作品典藏 鲁迅文学奖获奖作家作
鲁迅文学奖获奖作家作品典藏 鲁迅文学奖获奖作家作品典藏 鲁迅文学奖获奖作家作品典藏 鲁迅文学奖获奖作家作

塞北行吟

SAIBEI XINGYIN

何申／著

新疆生产建设兵团出版社

图书在版编目（CIP）数据

塞北行吟 / 何申著 . -- 五家渠 : 新疆生产建设兵团出版社 , 2021.5
ISBN 978-7-5574-1608-9

Ⅰ . ①塞… Ⅱ . ①何… Ⅲ . ①散文集—中国—当代 Ⅳ . ① I267

中国版本图书馆 CIP 数据核字（2021）第 011105 号

责任编辑：张　贤

塞北行吟

出版发行	新疆生产建设兵团出版社
地　　址	新疆五家渠市迎宾路 619 号
邮　　编	831300
电　　话	0994-5677185
发　　行	0994-5677048
传　　真	0994-5677519
印　　刷	保定市西城胶印有限公司
开　　本	710mm × 1000mm　1/16
印　　张	15
字　　数	176 千字
版　　次	2021 年 5 月第 1 版
印　　次	2021 年 5 月第 1 次印刷
书　　号	ISBN 978-7-5574-1608-9
定　　价	48.80 元

何申，1951 年 1 月出生于天津市。中国作家协会全国委员会第五、六、七、八届委员，河北省作协副主席。第九、十届全国人大代表。著名作家。河北大学、河北民族师范学院、承德医学院、保定师范学院文学兼职教授。承德日报社原社长。享受国务院特殊津贴。河北省资深省管专家。

自 20 世纪 70 年代开始文学创作。出版长篇小说《梨花湾的女人》《多彩的乡村》《田园杀机》等 5 部。发表中篇小说《年前年后》《信访办主任》《穷县》《穷乡》《乡村英雄》等百余篇。影视作品有《一村之长》《一乡之长》《青松岭后传》《男户长李三贵》等多部。作品获首届“鲁迅文学奖”和《人民文学》《小说选刊》《小说月报》《当代》《中篇小说选刊》等多项优秀作品奖。

近年发表大量散文、随笔作品，其中，《花楼沟遐想》获第七届“冰心散文奖”。

目录

“龙抬头”好兆头

“龙抬头”好兆头，内涵丰富，但自小最先知道的是二月二这天，必须去理发。那时理发店条件较差，一地碎头发茬儿，一股子热沤味儿，男师傅叼着烟边抽边理，女师傅沉着个脸发愁，也难怪，这天前来理发的人巨多，师傅们太累了。干一天，日偏西，再瞅瞅，靠墙还坐一溜长毛达子眼巴巴排队等着。

要说二十四节气里并没有“二月二”，但其名气远非一般节气能比。这是因为，冬去春来，二月二正处“雨水”“惊蛰”和“春分”之间，中原、江南不少地方将（已）进雨季。雨季，意味着万物由此生发，山野由此盈翠，庄稼由此成长，收获由此萌定。以古人之见，这些功劳，皆来自“龙”！中国龙！

于是不可不敬，不可怠慢。老习俗中，有这日妇女忌动针线，怕伤了龙的眼睛；挑水水桶不能碰井壁，怕伤龙头；还有的地方忌洗衣，怕伤龙皮。而“二月二剃龙头，一年都有好兆头”。又有将这一天饮食以龙取名的：吃水饺叫吃“龙耳”；吃米饭叫吃“龙子”；吃馄饨叫吃“龙牙”；

蒸饼做出龙鳞状，吃“龙鳞”；将瘦肉丝与菠菜、豆芽菜、蒜黄等合炒，将春饼一分为二，抹上甜面酱，配上大葱，再夹上合菜卷成筒状而食，叫吃“龙皮”。这大概就是十里不同风百里不同俗吧，共性是一个爱。前者爱得小心翼翼，不磕不碰；后者爱得热烈，都爱到肚子里去了！

中国人过“二月二”的习俗，最早起源于伏羲氏时代，伏羲“重农桑，务耕田”，每年二月初二“皇娘送饭，御驾亲耕”。到周武王时，每年二月初二举行盛大仪式，号召文武百官都要亲耕。唐朝人把二月初二作为“迎富贵”的日子，要吃点心等“迎富贵果子”，还要踏青出游。大诗人白居易有诗《二月二日》：“二月二日新雨晴，草芽菜甲一时生。轻衫细马春年少，十字津头一字行。”且看，新雨初霁，小草和田畦里的菜都发出嫩芽，十字码头上，一群身着轻衫牵着骏马的少年正徐徐走着，好一派春意盎然的诗情画意，故唐朝也将“二月二”称为“踏青节”。到了宋朝，又把“二月二”指定为百花的生日，即“花朝节”，宫廷民间皆赏花。

不过，唐宋及之前“二月二”虽有活动，却尚未与“龙抬头”联系在一起。直至元代时，“二月二”才明确被称为“龙抬头”。在《析津志》里，描述大都城的风俗时就提到，“二月二，谓之龙抬头”。这一天人们盛行吃面条，称为“龙须面”，还有前面提到的以龙体各部位命名的一些食品。百姓在这一天出去踏青，回家沿途又采摘些蓬叶，放在门前拜祭。

我插队那些年，乡村正处贫困之际，即便如此，社员家过年时还是尽量留下点肉啊，豆腐啊，等等，待二月初二这天吃上一顿，以求“龙抬头，好年头”，然后一家人商议如何在这一年多挣工分多分口粮，把日子过得好一些。可惜，过了这天后，饭菜里油水就很少了，便有说法：“过了二月二，馋媳妇掉眼泪儿。”还好，抹去眼泪，就见希望：二月二，大地复苏，农活一项接一项排队而来，为了秋天有更大的收获，此时的脚步就得加快了。

河北梆子《大登殿》里，王宝钏唱：“猛想起二月二龙抬头，梳洗打扮上彩楼，公子王孙我不打，绣球字打平贵头。寒窑里受罪十八秋，等着等着做了皇后。”头年二月二那天早上，在电梯见邻居两个年轻人呛呛要不要去理发，有个说年年理也没见发财。我说你别着急，人家王宝钏二月二扔彩球，一十八年后才得回报呢。他点头说那就去理发。今年正月见我，他老远就拜年，说去年后半年生意不错，可能是下午去理发的缘故，今年二月二一定一早儿就去理。我乐了，说我是让你沉住气，不是说那天理了头就能发财。他也笑了说明白，就是图个吉利呗。

“二月二”还是一个企盼学业有成的日子。过去私塾先生多在这一天收学生，谓之“占鳌头”。现今许多地方文庙在这天要为学童举行开笔礼，祝愿十载寒窗学业有成金榜题名。灵验与否另论，总之是鼓励读书激励求知，比起我们年少正该读书时不让读，都撵乡下种地强太多了。

二月春风似剪刀

1969年农历二月塞北某公社集上，我挤出一身汗，抢（买）了一斤肉。回村路上凉风起，嗖嗖拉脖颈儿，心想：这二月春风像菜刀了！回来肉熟八分，就蘸盐面吃（吞）光。那时我插队一月有余，肚里少油水，见肉似虎狼。

吃了肉，大脑动，便想那“二月春风似剪刀”，好像不是说风冷，而是说风暖，暖得像巧工匠手里的剪刀，把柳树万千丝绦细叶剪得整整齐齐。如果是冷风寒风，那把剪刀干的活应该是咔嚓咔嚓剪枝条。但那时身边只有书四集，想读唐诗是奢想，只能凭记忆去琢磨，琢磨不清还胡乱感慨：唐朝人挺有闲情呀，大好的春光不下地干活挣工分，却有心看树叶剪成甚样……

柳黄柳绿，柳绿柳黄，多年后再见唐诗，先寻这首，才得知这首诗名《咏柳》，是盛唐诗人贺知章在他八十六岁那年写的。又知人家是大官，吃皇粮，一辈子不用下地干活。人老还乡，诗人是坐船经南京、杭州，顺萧绍官河到达萧山县城的，然后再坐船去南门外潘水河边旧宅。此时正值早春二月，春意盎然，微风拂面，忽见河岸上一株高大柳树，鹤立鸡群，英姿勃发，此情此景，岂可无诗，他就提笔写了：“碧玉妆成一树高，万条垂下绿丝绦。不知细叶谁裁出，二月春风似剪刀。”此时，距他中年离乡已有五十多年了。随后又写出“少小离家老大回，乡音无改鬓毛衰。儿童相见不相识，笑问客从何处来”，让日后归乡之人心里念诵，口中重操乡音，以敬故土和亲人。

还说“春风”和“剪刀”。诚如诗言，二月江浙，节令虽是早春，却是暖风拂面，杨柳依依。然在塞北，此刻若说暖，还为时尚早，倘来一场倒春寒，反而更觉寒冷。我们是那年正月十一进村的，直至二月，外屋水缸早上还结冰。夜晚入睡，须用被蒙头或戴帽子，当然，这与每队一二知青烟火少有关。二月再逢集，几队知青相会于公社粮站，分外高兴。牵驴驮粮结伴而归，兀不知各队毛驴性别有异——叫驴（公）与草驴（母）同行，岂能安生？结果队伍大乱，叫驴追草驴，人追各自驴，热闹至极，便撵出暖意来，于是我也就有了诗句：“人驴驱寒气，丝绦尚未绿。剪刀且慢动，早春人惬意。”

缘何慢动？惬意哪里？原来正月二月虽也要学大寨，但毕竟未到春耕，属农闲时节。农活多是往地挑粪，比较单一。偶尔出去会会同学，赶个集，队里也给假。当然不记工分，但一天工分值不过两三角，对知青讲也不当回事。而一旦春风化雨山地湿润布谷声声，农活忙累，再想请假，一是不合适，二是队里也不同意。说白了，还是上学时的散漫习性未改，一时还不完全适应新环境。待到“斗私批修”，归为小资情调，那是后话不提。

说惬意，又惬意，那日我又得一美差，跟车拉土。即从河边装土拉到牲口棚，日后起出即农家肥。社员下地，村中寂寥，夕阳余晖，坑洼土道。一辆大车，一匹老马，一个把式，一个知青。忽然我发现一家门外菜园土垅上，稀拉拉冒出几支嫩绿如翡翠形状如羊角的东西——这是在地里待了一冬的老葱。这便有趣，莫非春风未起葱先知？几日前如干草，转眼再看，犹闪寒光的“剪刀”已将它剪成赏眼且可食的小小羊角葱。我在那一刻终于忍不住，一来太缺少新鲜蔬菜，二来我也想很好地学习羊角葱坚强的品格，欣赏不如吃下，吃下就牵记在心（肚）了。于是偷偷拔了两棵吃了，很鲜，不辣，挺好！

在塞北，真正的春风似剪刀，裁出细叶万千条，须至阳历五月初旧历四月。清明谷雨后，山地种好，垄沟分明，春柳枝条摇动，摇动摇动着，就变绿就冒芽而成丝绦与细叶了。柳叶可以入药，有消炎的功能，但药性弱，故无须尽入药匣；嫩柳叶亦可食，却不似榆钱，故可免入蒸笼；唯独古人多情，送别之时要折柳，这就由不得柳枝柳叶了。唐白居易有诗云：“青青一树伤心色，曾入几人离恨中。为近都门多送别，长条折尽减春风。”

关于送别折柳，出处说法几多。有说“柳”与“留”音近，希望客人亲人留下；有说柳枝插之即活，希望远行之人随遇而安；有说“上马不捉鞭，反折杨柳枝”（汉乐府《折杨柳歌辞》），当马鞭使。幸亏这习俗后来不时兴，否则，当代火车站飞机场码头都是送行的地方，那得折断多少柳枝呀！

棉袍在身

朋友在海南有房子，多次邀我去那儿过冬，我从未去过。我喜欢北方的冬天，喜欢冬装在身的造型与感觉。

插队时，村里上岁数的老人身着旧棉袍，鼓囊囊一群聚在墙根儿晒老爷儿（太阳）抽旱烟，磨叨口粮指标低。驻村贫宣队开忆苦思甜会，队长大舌头喊："社员同志们鸡（知）足吧，在比斗（旧）社会还斗社会的时候，几（只）有孔老饿（二）、秦始皇，才穿得起这老厚的年（棉）袍。"我嘴欠说："报告队长，那时棉花还没传进中国。"队长说："胡唼！年花年花，打有过年就有年花，外国人过年吗？"

我心想反正他也不知道，说："我背给你听。棉花原产地是印度和阿拉伯。在宋朝以前，中国只有用蚕丝纺的丝绵和充填枕褥的木棉，没有可以织布的棉花。所以，那时只有带丝旁的'绵'字，而没有带木旁的'棉'字……"

队长说不过我，大怒，举拳高呼："打倒说年花是外来的吃（知）青！"社员们猝不及防赶忙跟着举拳："打倒年花……吃青！"

后来有一段我的外号就叫“年花吃青”。

其实我还真不是有意和他过不去，地理老师上课讲过，棉花确从外国传来——宋末元初，关陕闽广首获（棉花）其利，盖此物出于外夷，闽广通海舶，关陕通西域也。从字义上看，绵即丝绵，没有棉花时，为御寒，衣内里铺丝绵的叫“襺”，音“简”，即丝绵衣服，这是富人的冬装；而一般人穿的则是内铺麻丝或旧丝绵的，称之为“袍”。再往前，没丝绵时穿什么？也有记载，富人“衣轻裘”，即狐、貂等毛皮。贫人冬则着“羊裘”，即羊皮袄。说来得感谢朱元璋，是他用强制方法，使棉花种植在全国推广开来。这应与他年少困苦寒冬挨冻有关，纵然自己身为皇帝重襺衣裘易得，但想想百姓披裹羊皮，终是不如棉袍在身。

棉袍在身，平民福音。在我记忆中，父亲冬季先着黑布棉袍，扎腰带，侧开怀，每每从怀里掏出个烧饼，还热乎，我就高兴地蹦起来。后来他改大黑棉袄了，以方便蹬自行车上下班，怀里装不了烧饼了。1966年我家日子艰难，有天母亲拿出卷皮筒子，说你爸有病，你去当了吧。国难出大将，家困出闯子，我二话没说夹着就奔委托店。店里人多说：“你小孩挤嘛？”我说：“挤嘛？当东西！”老店长问：“你当嘛？”我把皮筒往高柜台上一放，打开来，他脸色就变：那是张雪白的绒毛不长不短的羊羔皮，细软柔美，赏心悦目。由不得脱口而出：“正宗口外麦穗！”众人议论：“这是嘛时候，一个十多岁的孩子敢一人出来当皮货，胆子也太大了……”老店长忙摆手又瞅瞅窗外问：“大人呢？”答：“出不来。”他叹口气说：“六十，卖不？”“卖！”钱到手，他又说：“快回家哪都别去。”就这六十元，让我家挺过了一段艰难时期。后来我才明白，“麦穗”是羔皮中的极品，一般轻易不出手。即便平民偶有之，也不敢享用于身。只求一棉袍，求一安稳，是人们身在乱世时的企盼之心。

而一旦棉袍在身，又难免奢望于心。我年轻时曾非常羡慕人家穿的草绿色军大衣，然军需用品，难得一求。成家后花不少布票棉花票做件黑棉大衣，圆鼓隆咚像棉袍，挺好的小伙，穿上像车老板，但我还是喜欢。1981年冬我买12寸松下电视，带上所有钱到南营子五金商店去买，还差20元，实在没法，我去二市场旧货商店，脱了大衣卖了，才把电视背回家。没有了大衣的冬季，我和家人天天晚上看新闻联播，看女排，看《加里森敢死队》，感受到改革开放带来的春意，一点也不觉得冷。

1984年冬，我咬牙花36元（时月工资43.5元）买了一件浅绿色大棉袄，说是棉袄，实际是腈纶棉，方块鼓包，轻且暖和。35年过去，现仍在岗，已洗成墨绿色，薄皱破旧，在屋里干活穿着方便。有一天出去忘了换，把邻居吓一跳，说您老要是缺棉袄我家可有。我笑了，说这是我的传家宝。现今我的棉袄已有若干，多年前冬天去蓝岛还干过一件乐事：见一新样式棉袄不错，穿（试）上后交钱就走人，转年天冷换装才想起头年脱下的棉袄忘了拿回来，那是半新的！心疼不已。

小区内有了捐衣箱，我把一些穿不着的棉袄放进去。但那件墨绿老棉袄我不捐，我还要穿，穿了如棉袍在身，让我前事不忘，宁气安神，放眼华夏，盛世华章，欢乐舒心。

话说京津冀

夏朝初年，大禹把天下分为九州。舜以冀州之北广大，后又分置并州、幽州，营州，称十二州。今天的京、津、冀（还有辽宁西部），在那时属幽州。至明朝这一区域谓北直隶，清称直隶，后分三家。天下大事，分分合合。乡愁千里，根系一脉。

老何人在塞北，便知这里几十年育林万顷，为阻风沙进京；家邻滦河，眼见两岸稻花（田）消失数载，为节水送津门。密云水库两大支流白河、潮河，分别源自河北张家口（沽源县）和承德（丰宁，滦河亦发源于此）。自二十世纪六十年代初，因战备需求，多个军工企业由天津迁往承德，深山老峪，喇叭裤波浪卷时髦一时。待到上山下乡，更有大批天津知青遍布承德山村，日后像我们这样天津、承德“组合”（家庭）亦不在少数，有一阵承德大街上净是说天津话的，听了好个亲切，如临故里。

承德电视台春节有一台《京津冀一家亲》少儿节目，那天电视一播，我说舞台背景屏上那六个字咋那么眼熟，后来画面放大，我乐了，署着我的名呢——好几年前写的，敢情这节目一直在办，还越办越火，今年参加演出的，就有不少从北京、天津来的小演员，三地一家亲，共同庆新春。

一省省会，治内首善，谁来担纲，至关重要。远的不论，单说清直隶省（总督署）及后河北省省会所在，就会发现，三百年间，京津冀皆曾担此重任，接力领军。1669年直隶总督署由正定迁保定，辖区内即含顺天府（北京）和天津等众多府市。1913年河北省省会迁天津，1928年省会又迁至北平，尔后又保定又天津最终落户石家庄，可称全国省会搬迁城市数量之冠。事出有原因一言难表，却也说明一个道理：京津冀同处一域，平原长麦，渤海打鱼，太行燕山，长城内外。正如人言：山水紧连，乡音相同。行政有划，治界无形。鸡鸣三省（市），翅展两城，更不要说古往今来人员来去货物交流同求繁荣。值此改革深入之际，京津冀区域协同发展，实乃人心所向、大势所趋，必将与长江、珠江三角洲一样，成为综合实力最强的经济中心之一。

毋庸讳言，在京津冀三家之中，河北（冀）的发展相对较慢，特别是北部山区，与京津的差距很大。但这里的优势是地域广、空气好、少污染、人口不密。举个例子，承德市面积将近四万平方公里（1平方公里=1平方千米），人口360多万，且是户籍人口，若除去外出打工人员，每年实际生活在这里的人，要少得多。而北京、天津的实际居住人口，则比统计数字要多很多。别的不说，如今承德不少乡村由于缺少青壮年，已变成老人村，种几亩地还能对付，但面对大好风光秀丽山水，以及老村旧貌空宅闲地，即便有想法，也无能为力。相信有一天三地打破藩篱变成一家，京津人士随便走进承德市周边“十大景”旁的任何一条沟，马上就会说道：敢情咱家还有这么好的地方闲着呢！我们来开发，大家同受益！

太好！

莫笑农家腊酒浑

头年腊月，说是头年，实则不及一月。群星闪闪，大灶火炕，吃农家饭。年轻的老板喜爱书画，指着墙上的画——一位白发老人拄杖行于山间夜色中，祝酒道："莫笑农家腊酒浑，丰年留客足鸡豚。"众人皆赞，我也赞，但又笑，然后喝酒，酒不浑，度数高。

席散，老板追问我笑的原因。我知道他是个认真人，只好告之——陆游写这首诗时只有42岁，没那么老。他愕然，又问那为什么要拄杖。我没想到他会还问这个，只好随口说，或者身体不好，或许……车开动了他又问，腊酒为什么是浑的？我回头再望，月色淡如水，山村腊灯红。

陆游生于1125年，《游山西村》这首诗写于宋孝宗乾道三年，即1167年。在此之前，陆游在仕途路上虽有坎坷但总的说还算顺畅，任至隆兴府通判，已列入副州级干部序列。按说前程不错，却因力挺张浚北伐，而张浚又打了败仗，朝廷追究起来，陆游于1165年被罢官。写这首诗时，陆游已在家赋闲两载，壮志满怀，报国无门，只好寄情于家乡山水民风。可以想象，此时的陆游虽然才年过四十多岁，但因心情郁闷，身体肯定不会很好，他又好喝，有李白之风，估计血压要高，故在山重水复拐来拐去的路上走，又是黑天，需要拄根木杖……

至于腊酒浑，原因就简单了，那腊酒是农家自制的发酵酒，应该是米酒。白居易诗中说“绿蚁新醅酒”，绿蚁，就是指浮在新酿米酒上的绿色泡沫，此时天冷心急，还未过滤就围着“红泥小火炉”喝起来，喝完牙床子都是青绿色的。

发酵酒度数低，一般也就十多度，说来与现今啤酒差不多，由此也难怪《水浒》里的英雄都能大碗喝酒大块吃肉。有人研究，武松连喝十八碗，上冈后本该做的第一件事是解手。高度酒上头，低度酒胀肚，一泡尿，人就清醒许多。然武松没有，结果还是叫老虎一惊惊出一身冷汗，才把酒劲消去。说来也是这农家浑酒成全武松，要是喝60度老白干，甭说打虎，恐怕武松连老虎影都见不着，早在小店呼呼大睡了。

由发酵酒到蒸馏酒，是造酒技术的一次质的飞跃，高度酒由此产生，所向披靡，势不可挡。《战国策》里讲：“昔者，帝女令仪狄作酒而美。进之禹，禹饮而甘之，遂疏仪狄，绝旨酒曰：‘后世必有以此酒亡其国者。’”仪狄是大禹时代的造酒官，所酿发酵酒，因富含酒精，气味香馥，味道甘美，大禹有先见之明，发出禁酒令，但结果行不通。发酵酒尚且如此，更何况蒸馏白酒乎？临近春节，不光大酒厂忙得不行，乡下小烧锅也生意兴隆。先前有人自酿葡萄酒，现在买了机器可以自酿白酒。

发酵酒、蒸馏酒，米酒、果酒，白酒，浊酒、浑酒、净酒，低度酒、高度酒，构成色彩斑斓的美酒世界，也满足了世人各不相同的需求。由此就想到凡事还是要包容，做事也别单求一色，万紫千红才是春。比如，为从深山搬出农民建的房子，先前有些地方就建得比家属院还家属院；现在则变了，注意了各有特色，外人看，有美感，农民住，心舒坦。曾有一阵乡镇所在地临街建了不少店铺，但购买力不行，生意难做；现在一村一业，精准扶贫，农民守家在地就能致富，比挤到一块却没有生财路强多了。如此坚持下去，再过些年，农民生活更富足，但依然能看到“远上寒山石径斜，白云生处有人家”的美丽景色。

燕山八百里，沟壑纵横，景色万千，然放眼望去，有山阻隔，难及天边，可我在这里生活多年，便觉得舒服，有挡有靠。从平原过来的人，好几年了，问如何，还说憋得慌。这就是习惯，习惯造就特色。南方湿润，北方人说潮；北方干爽，南方人说燥。这叫彼此不适应，不必强求认同，只望理解。首都繁华，北京人在车流中自由穿插转瞬即过。当年我去领奖，出火车站就傻眼，还是一位北京大妈带我过去，我谢她，说北京好，车真多。她得知我从承德来，说你那好，没这么多车。这叫相互高看，全都欢喜。那时北京空气就不咋好了，我去了流眼泪，一朋友说我娇气。发完奖他跟我过来，车过古北口，空气清新阳光灿烂，他说晃眼睛，赶紧戴墨镜，我说你才是娇气。他挺明白，说但愿我在北京也这么娇气。这叫娇娇二气，表明道理，环境保护，早该抓起。

说腊酒浑，这是说到哪去了？这就得怪腊酒了，浑也醉人，不可多喝多说，喝多说多，文章写写就写跑题了……

烧锅营

承德这里叫烧锅营（子）的地方不少。

烧锅，民间白酒作坊；烧锅营子，烧锅集中之地。如平泉市（县），在清顺治年间就叫烧锅营子。其县治所在地又称八沟，京剧《女起解》有台词："往南京去的客人哪，前三天就走了。净剩了上口外热河、巴沟、喇嘛庙拉骆驼的咧！"这个"巴沟"，实则"八沟"：自热河府（承德市）东行，一路要横穿南北向的七条大川（沟），到了第八川即平泉。平泉地处河北、辽宁、内蒙古交界，鸡鸣三省，燕赵门楣，地理位置重要，商贸市场繁盛，早年街面上有几十家烧锅，称烧锅营子名副其实。

中国人造酒历史久远，《战国策》曰："昔者，帝女令仪狄作酒而美。进之禹，禹饮而甘之……"仪狄是夏禹时造酒官，史籍中有"仪狄作酒""始作酒醪"之说，意为自上古三皇五帝，便有各种造酒法，仪狄将之进行总结，造出了更为醇美的酒并流传后世。然在烧锅出现之前，所有的酒都是发酵酒，白居易诗"绿蚁新醅酒"的绿蚁，即指浮在新酿成尚未过滤米酒上的绿色泡沫；陆游则直说了"莫笑农家腊酒浑"，一个"浑"

字道出了发酵酒度数低。武松喝的就是这类酒，要是喝60多度老白干，甭说十八碗，八碗下去他就在小店呼呼大睡了。

缶，陶器；锅，铁器。发酵酒，缶为器；蒸馏酒，锅当家。烧锅蒸馏法的出现，是酿酒技术质的飞跃，发酵蒸馏后产生的白酒纯净且度数高。塞北古来为匈奴、东胡、契丹等少数民族聚居地，地高天寒，酒风凶悍，由此也催生烧锅和好酒。八沟街上烧锅所产老酒，在清皇太极时就受青睐，据说众将吃醉将顶盔扣在酒坛上，皇太极由此赐酒名“铁帽子”。清康乾时有进贡美酒名皇家窖藏，制酒所用一口老井，人称仪狄古井，今日仍在酒厂院内。去岁仲秋，酒厂复建新中国成立初期八家烧锅合并旧景——“山庄1950”，红砖旧房，老窖香泥，还有仪狄古井，与已建成的酒业文化园高楼“金樽”、展馆“玉觞”成为一组，供人参观。

那日前来，站立井旁，主人道请您写《仪狄古井重修记》。我推辞不掉，只好写，写罢电脑发去，都很满意，我心轻松。初冬丽日，主人又邀我过来喝酒，喝时谁说给撰幅联吧。借了酒劲就写，一写收不住笔，索性来幅长联，然后就有了下面这“酒苑联”：

上联：“金樽高耸，连塞北万里云天，天高地阔。思泽州故地，千载雄风，东胡走马，燕市豪杰，老骥识途，魏武挥师，辽宋酒盛，大清盔缨。一壶老酒，四方逢迎，有商贾客来八沟一醉，有众墨客至边城抒情。拉之不败，取之不空。弹一曲塞上胡笳，唱几段南路京评。白马青牛情会老哈河，牛郎织女星闪马盂峰。遥遥茶酒古道春柳迎远客，茫茫冬雪驿站火炭热酒醉话别情。燕赵门楣，热河东屏，天赐沃土，鸡鸣三省，古今一脉，人杰地灵。千秋往事，且看世间谁争雄；北地山间，常有桃园流水声；夕阳晚照，红艳断桥沿岸柳；月上梢头，夜色多少丽人行。丽人行，春满城，一壶浊酒好相逢。好相逢，烧锅营，高歌一曲伴君行。”

下联：“玉觞盈溢，映平泉千山翠柳，柳绿花红。看古城新府，百年酒坊，仪狄老井，香泥陈窖，精粮发酵，曲香蒸腾，新酒酣美，佳酿坛封。古井旧地，往事在胸，无技高者难以谋中兴，无好酒岂有一九五〇。跨新世纪，迈雄健步。立一尊圣祖铜像，列数根天地图腾。瀑水虹桥交汇新酒苑，旭日霞光飞出东山顶。悠悠酒史陈列典籍知多少，连连功绩荣誉喜看今朝更从容。山庄老酒，皇家窖藏，誉满塞外，直隶有名，放眼九州，志在必赢。宏图大志，古酒技艺必传继；协力同心，文武之道运筹成；雄关漫道，砥砺前往何所惧；驰名品牌，征程有我攀高峰。攀高峰，要成功，戊戌冬日朝阳红，朝阳红，志满胸，长联相对映长空。”

以前写过对联，但从未写过这么长的。这次写了，见大家还喜欢，便欣慰，说这是我的新收获吧。说到说获，又想起来酒厂观光者的新收获，即参观制酒古新全过程后，还会请你去调酒——每人一桌，玻璃器皿，如化学试验室。然量杯中皆为库存几十年的老酒。经教师（导游）讲解指点，自己动手，倒来倒去，相互搭配，就可获得个人喜爱的不同香型的美酒。那日我们每人自制一瓶，贴标签，标时间，起酒名，不约而同都写“皇家一号”。当然，这酒是要收费的，而且价格不菲。但那是纯粮陈酿，别具特色，物有所值。过年请客，给众人喝，都说好酒！喝光了还要，说抱歉，仅此一瓶也。

塞北上元时

上元节即正月十五元宵节。塞北有苏武庙，附近有一名上元小村，元宵节供孔子像。传说，春秋末楚昭王复国过长江，见水中浮物色白而微黄，内有红瓤如胭脂，食之味道甜美，遂使人问孔子。孔子说："此浮萍果也，得之者主复兴之兆。"因这一天是正月十五日，以后每逢此日，昭王就命手下人用面仿制此果，并用山楂做馅煮而食之，这就是最早的汤圆。还有一种说法，汉武帝时，有宫女叫元宵，做汤圆十分拿手，从此世人就以这个宫女的名字来命名。只是这些均不见史料，不足为信。与上元村人谈及祖上之源，只道清初山东，再往上不知。然称上元，也让我正月十五望冰轮怀古，上元红灯之下遐思，吃元宵专拣山楂馅的吃。去岁入腊以来饭菜丰盛，山楂馅酸甜可口，不腻。

上元节吃元宵，宋代即有明确记载，当时称"浮圆子""乳糖元子"和"糖元"，大文学家欧阳修有词《生查子·元夕》："去年元夜时，花市灯如昼。月上柳梢头，人约黄昏后。今年元夜时，月与灯依旧，不见去年人，泪湿春衫袖。"译过来很动人啊——去年元宵夜，花市上灯光明亮如同白昼，与心上人相约在月上柳梢头黄昏之后。今年又到元宵夜，月光与灯光明亮依旧。可是却见不到去年的人，相思之泪打湿了春衫的衣袖。

读罢愁肠百转，只是觉得这情调有点儿不像欧阳修的，倒像位女子在思念情人。后得知早有异议，说此词乃南宋女词人朱淑真所作。朱淑真时与李清照齐名，幼警慧，善读书，但爱情不顺心，夫妻不和睦，最终抑郁早逝。又说朱淑真过世后，因其作中多有婚外情思与约会私奔之意，要比李清照被人指责“闾巷荒淫之语，肆意落笔”更为严重，父母将其生前文稿付之一炬。由此推测，可能这词写得太好，欲传世又不愿署朱名下，索性给了大家欧阳修吧，也就没那么多非议了。

塞北广袤，清代的塞北大约指漠南蒙古、漠北蒙古、漠西蒙古等以蒙古人居住为主的区域。民国以后以地理划分，包括了热河省、察哈尔省、绥远省、宁夏省、蒙古地方五个省区。国民政府承认蒙古国后，塞北多指其他四省份。新中国成立后热河省撤销，除部分划内蒙古、辽宁，其主要地域归属承德地区，以明长城为界，北称塞北，往南经古北口、黄崖关、冷口、喜峰口、义院口等与北京、天津、冀东相衔接。其中，因有皇家避暑山庄、围场木兰秋狝之故，热河与京城两地三百年间人员、商贸、文化、语言乃至习俗多有交流融汇与传输承接。上元节之灯会、花会等，与京津一带多为相似，但在北地寒天里则闹得更加火热与原生态。

塞北的灯会从腊月底亮起，而花会大部分从正月十三开始直至正月十六。灯会早年为民间自发，出了不少能工巧匠，现今则是大制作，如大型鼎盛皇家灯会，科技领先，光耀双滦（区）；花会在二十世纪八十年代红火数载，市县皆政府领办，万人空巷。当时地市分设，市、县花会皆为调演，即将基层最优秀的“档”调来，市里从清御路头道牌楼开始，高跷、秧歌、背歌、小车、武会、响器等数十档依次前行，直至三道牌楼避暑山庄前；各县主街车辆一律禁行，为花会让路。所有店铺张灯结彩，出人备物，一旦门前花会某档“打场”，必有馈赠才是。后规模越搞越大，观者越来越多，安全问题突显，遂有所变化，改集中调演为中小型分散，一些乡镇所在地成为重点，便引得不少城里人开车去乡下观花会。时有诗云：“花灯璀璨月争明，烟花绚烂映天红，龙舞狮跃秧歌响，同庆元宵味更浓。”

今年春节及上元节，避暑山庄周边的老城以及滦河以南的新城禁止燃放鞭炮，但万千红灯笼早在腊月里就悬挂满长街短巷双河（武烈河、滦河）两岸，为“月上柳梢头，人约黄昏后”创造出诗一般的梦境。而从正月初就开始热卖的元宵更为这梦境增添了温馨的色彩……

上元节的夜晚，风不吹，柳梢静，灯光闪，红雾罩。人们在雾中行，变成一个个摇动的红烛影。我沿着宫墙边，走进了遥远的塞北上元时，纵有花市灯如昼，却也略显寂寥。再抬头望，高楼林立，万家灯火，锣鼓喧天，又见了今朝繁闹的塞北上元时。

顺便说一下，塞北人甚爱吃“黏”食，如黏豆包。过去乡下腊月十五以后就陆续着淘黏米磨面蒸黏豆包，及至正月十五吃元宵，就将黏食黏货吃到高潮，也将年味推到极致，往下，就得收心做事了。再“过了二月二，馋老婆掉眼泪儿”，意思是好吃的到此之后就没了。现在不然，平时吃的就如同过年，但上元节毕竟是上元节，同样的元宵，在这天吃，味虽一样，但感觉不一样。

“肥猪闹海”

猪年说猪，立刻就想起“肥猪闹海”。

“肥猪闹海”是个菜。当年在我吃到这菜之前，真可谓奋斗不止，自强不息。此言正解，含义皆晓，若戏解之，则“奋”可为“粪”，“息”可为“吸”，即与粪（肥）战斗不止，以及差点窒吸断气。总之，与猪有关，与猪有缘。

小猪，亦泛指猪，古时也称豚，诗句“莫笑农家腊酒浑，丰年留客足鸡豚”，就是指留客有猪肉吃。再往前物质生活贫乏，一般老百姓是吃不起肉的。据《孟子》载，春秋时只有天子、诸侯、大夫和七十岁者，“方可食肉焉”。孔子收的束脩（学费），就是咸猪肉条捆起来。故提起猪大哥莫小瞧，肉食者曾是身份标志。

当年我虽能吃上肉，但身份低，是已接受过教育，需再一次接受教育的知青。插队住房东家第一宿难眠，听窗外有鼾声，粗犷有力，心说这是哪里的好汉。天明推窗一看，好汉近在眼前，窗根儿下即猪圈，一条“黑汉”（猪）还在大睡。时为正月，天寒地冻，鸣钟劳作，活曰“起圈”，即刨猪圈粪运出。社员使镐，我使筐挑。挑过两趟，也想显示力量，要过镐，吸口气就抡，“呼”一声，刨溅粪水，满目流星，不光身上、脸上，也飞嘴中！好臭！又不敢说，社员笑弯腰，示范：先轻刨，刨出沟后才可加力。寻个没人处啐了又啐，末了啐出玉米渣，心想我也没吃棒子面呀，忽然明白，这猪消化不良吧……

白日接受贫下中农进行再教育，夜里有黑猪相伴而眠，我很快“脱胎换骨”，再加上别人编排我“满脸猪粪不变色，一嘴猪屎不漱口”，就被评为积极分子，参加县讲用会。大会发言前小范围试讲，我讲立志扎根农村一辈子等时髦词，还仿《滕王阁序》名句“落霞与孤鹜齐飞，秋水共长天一色”，撰“知青与社员同心，我辈共黑猪共眠”两句。县安办老主任用烟袋锅敲桌说：“这个删去！”我说：“我真和猪隔窗共眠。”老主任说：“你就是睡猪圈里，也得删。你上句是社员，下句是黑猪，啥意见？”吓我冒一头汗，好悬！

讲用会讲用会，虚话大话一锅汇。也有实的：“没有猪粪臭，哪有五谷香。”明显假的：“粮食就是人的命。”午饭争抢猪肉炖粉条，干粮一边待着，见了猪肉就不要命了。晚上不睡，躺招待所大炕上神侃，说到猪，我忘了从哪看的，添枝加叶讲一段：“说古时有个员外，年近花甲得一子，宴庆之时，有相士见这孩子宽额大脸，耳郭有轮，天庭饱满，又白又胖，便断言这孩子是大福大贵之人。谁知这孩子长大后游手好闲，父母去世，家道衰落，直至饿死房中。死后阴魂不散，到阴曹地府告状，说自己天生富贵相，不该如此惨亡。阎王带他到天上请玉帝公断，玉帝招来灶神，灶神将他不务农事的行为如实禀告。玉帝大怒：你相貌虽好，却懒惰成性，今罚你为猪，去吃粗糠。此时恰逢天宫挑选生肖，差官把‘吃粗糠’听成了‘当生肖’，遂把他带下人间托生为猪，吃粗糠，又让他去排生肖，但那天猪去晚了，只当上了最后一名生肖。”我讲罢，众人兴奋，精彩段子连连，说说笑笑，窗外亦有回声，最终管理员砸门：“睡吧！猪都让你们闹炸圈了！”转天，一老五届大学生对我说：“你很有文学细胞，将来想法去河大中文系念书吧。”又说：“那食堂不错，有一道‘肥猪闹海’很好吃。”

当时我根本不敢想还能上学，所以也没问“肥猪闹海”是什么菜，但记住了。1972年我被列入推荐名单参加体检，然后回村干活、等待，夜里常梦“肥猪闹海”，醒来又记不起咋闹。春去夏来，消息皆无，伏天派活给猪打防疫针，打到村边一家，见公社助理骑车路过，忙追上打听，助理说：“被录取的早上学了，你还傻老婆等汉子呀。”如雷轰顶，无处发泄，转身回来就抓一大公猪，抄猪腿，抓猪耳，转身扭胯就摔，不料脚下踩稀屎，失去平衡，一头撞向圈墙，顿时两眼一黑没气儿了。好一阵明白过来，半脸血红，有谁抓把旱烟末捂在眉角止血，大公猪还龇牙相对。

1973年考试入学，我名列前茅。报名时，有天津医学院和河北大学中文系可选，考虑头年推荐去前者不成，再想后者有“肥猪闹海”，毫不犹豫就报河大。初秋被录取，从塞北大山奔冀中平原，一路上不时想这“肥猪闹海”到底是道什么菜。入学第一顿午饭，排大队，老远就见小黑板最上四个白粉笔字“肥猪闹海”！屏住呼吸，步步靠近，又看清“0.25元一份”，属于肉菜！人到窗口，交上菜金，递过搪瓷大碗，“咣”地一勺红乎乎黑乎乎东西扣入，香味扑鼻，端到亮处一看，谜底揭开——猪肉皮炖海带！

“肥猪闹海”，名副其实，名不虚传，味道不错！

杀猪菜

猪年未到，先去乡下吃杀猪菜。路上乱呛呛，说十二属相除了龙别的都可成菜，凭什么年年腊月吃杀猪菜，不吃杀别的菜？很快统一认识：杀鸡成宴百鸡宴，容易联想坐山雕；杀狗伤爱犬人士之心；杀鼠杀蛇肉少，且北方人不吃；杀猴、杀虎？谁敢？马牛羊兔当然可以，然大马大牛谁舍得杀？羊肉平时又爱烤了涮了吃，兔肉不咋好吃。俱往矣，唯有杀猪，油多肉香，农家一景，腊月特色，皆大欢喜。同行人中有数位属猪，先心酸，后自豪：猪年吃我，不是猪年，还吃俺老猪！

塞北的杀猪菜属东北杀猪菜系列，大同小异。那日主菜两大盆：一盆大块猪肉炖酸菜、粉条、冻豆腐，一盆排骨炖酸菜、粉条子。碟菜是猪心、猪肝、血肠、猪蹄等。猪蹄热乎稀烂，有美容效果，女士争吃罢，再吃猪口条，回家能唠叨；男士吃猪耳朵，这耳朵进那耳条出，还吃猪心，吃了心宽，油瓶倒了不扶。还有两对昔日朦胧情人最终没成的，同吃猪肝（胆），肝胆相照：洪女士问你的胆呢？男的说让你的革命精神给吓破了；白女士说全怪你没胆，男的说谁叫你长得太漂亮，弄得我有贼心没贼胆……

大锅杀猪菜粗犷，吃杀猪菜的人豪放。还有原因，来的众人是当初一个公社一个大队甚至一个小队一个锅里吃饭的承德知青。这些人少则在乡下三五载，多则七八年，对当年农村的情况实在太了解了——有顺口溜道“大姑娘不开怀（儿），一辈子吃不上鸡蛋蘸芝麻盐儿”，意思是妇女只有生孩子了，才可能吃口好吃的；还有“稀汤泔水瓢抓坏，年底才吃口杀猪菜”，这是说当年粮少，泔水稀，瓢抓坏好几个，也未见养出肥猪，到了年底，也不是每家每户都能杀年猪的。即使杀了，杀猪菜也舍不得吃好肉，好肉还要卖钱买布做衣买油点灯，故传统的杀猪菜是用猪血脖那块嚼着发脆的肉，配上酸菜粉条，再用头蹄下货做些凉菜，就相当不错了。哪比如今上来就吃腰条、排骨，专拣好的来？那天做东的是老高三的朱总，插队时是组长，他买的是一头二百多斤（1斤=5000克）的大猪，吃完了还要给大家带肉回家。大家说不用了，如今肚里缺文化缺墨水，就是不缺油水。

一锅热乎杀猪菜，多少往事笑谈中。但却有争论，争者为洪姐与白姐，二人都是老高二，一块上学插队，是好友又是杠友，见面就掐。洪姐当年就属“青春无悔”型。老了唱红歌跳街舞，带妆回家，老伴刚睡醒，吓出心肌梗死；白姐则是“只恨上高中”型的，如果初中毕业就工作，啥事没有，可一上高中，就啥都踩在“点”上：上山下乡、晚婚晚育、独生子女、提前下岗、买断工龄，等等。直恨得她到现在都不过生日，谁问她年龄她跟谁急。

那天先是洪姐说：“当初下乡那些年，可惜没吃过杀猪菜。”白姐说：“肯定吃过。”洪姐说：“如果吃过她唱歌跑调跳舞崴脚。”白姐这才揭底，只因为洪姐太积极，要把乡村所有习俗都当“四旧”去破，弄得人人怕，老房东就拣她不在村的时候杀猪，还请其他知青吃，洪姐听了默不作声，脸上发烧。

再争论则是由白姐引起的，她看看农村的新变化，说真后悔不如晚生几十年，当初咱下乡时村里多苦呀。洪姐立即反驳，说苦有什么不好，只有艰苦环境才能出栋梁材。白姐问咱们哪个成材了？洪姐说可有人成材呀，当当当说出不少知青名人，白姐无言。倒是做杀猪菜那家老汉说：“要说艰苦呀，我爷在旧社会最艰苦，艰苦得饿死了。要说出人才呀，还得念书，我孙子念青啥（清华），现在从美国回来搞卫星……”

众人皆呼：“艰苦加读书！才是出人才的路。”

白姐问：“往下都脱贫了，不艰苦了，就出不了人才？”

老汉说：“日子早就不苦了，可也得苦读书才中。人不能像猪，猪吃饱就睡，等着挨宰……”

老汉挺能说还说到点上，洪白二姐争论结束，随后共议《西游记》，说猪八戒是最不容易的，挺个大肚子和孙悟空同行，等于相扑运动员与百米运动员一起跑马拉松。朱总有点不好意思，下意识拽衣服掩肚子，洪姐一把撩起说：“你就不能减减肥，在乡下就胖，炕坯都让你压坏好几块！”

众人喊：“你咋知道的？快交代！”

赶年集　逛年集

年集——年前乡村的集。集，口里（长城以南）不少地方称集市，塞北只称“集”，不带“市”——清晨聚集，人山人海，午时散去，平地一片。我很喜欢去集，我是逛集，不是赶集。赶集有路远着急去集上买东西的意思。逛集是一身轻松在集上瞅这问那，最终或许空手而归，然心里的愉悦已收获满满。

按说我现在住的是承德市区，本不该有集了，但高新区临滦河，几年前在河边空地上忽地就冒出一处面积有两三个足球场那么大的集。逢五逢十，生意红火，就引得不少人甚至住在老城区的市民开车坐车前来“赶集”。我得天独厚，下楼过了街道就是，“逛”的条件十足，故每过五天，我和老伴都去集上走一遭。我俩分工明确，她负责采买，我只管拉小车装货，悠悠哉，自在哉，有时跟丢了，再打手喊：“你在哪？大点声！听不见！在卖鱼的摊旁？我也在这……”转身一瞅，原来俩人就隔着一车鲜活的大鲤鱼！还说啥，来一条大的！

过了腊八，小寒大寒，塞北的年集就愈发有年的味道。若问这年的味道是什么味？依我的感觉，就是无理由的兴奋与期待，无来头的慌乱与忙碌。难道不是吗？请看年集上的众人，个个瞪大眼四下望着，转过这摊儿问那摊儿，掏大票，找零钱，扫微信，点密码，头冒汗，脸发光……莫道春节年年过，年货多如山，就心稳神安似神仙。不，就是要兴奋，就是要忙碌，根由在这年集的气氛里——晨曦时分，先是周边数里几十里的卖家争分夺秒大车小车驶入，接着周边的村民推车、携筐、挎篮纷纷进来。千军万马，不用指挥，无须争抢，场地无形心有形，肉鱼禽蛋食果花、衣帽鞋袜与零杂，按行论类，各就其位，或支篷搭板，或就地铺开。转眼间，嘿！纵横四五，环形两圈，集路成形也！待红日东升，赶集的逛集的如潮水般涌来，欢喜地尽入集中。往下，这偌大的集里就是一片热火朝天的交易情景，这边吆喝“南来的北往的，这土豆出自围场的”，那边叫喊“东走的西行的，这莜面产自丰宁的……”

塞北的年集让人喜欢，与多是“头顶蓝天大明镜的”有关。进了腊月，这里的天气更加干燥晴朗，蓝天如用清水洗过，连一丝云线都不见。有时甚至明亮到让你不敢仰目，白花花的阳光刺眼，就逼得你只管遍扫集上的物品，红的衣服粉的肉，绿的青菜白的豆腐，叫的鸡，游的鱼，黄的豆包煎饼，还有大核桃纸样皮。

一旦你步入这块地界，你再深沉也没用，很快就会被这气氛感染，直至随着欢喜兴奋得浑身发热，忘却寒意。丰盛的物品，低廉的价格，卖家的大方，买者的爽快，伴着蓝天白云，奏出的是一曲国泰民安丰衣足食的塞上乐章。

塞北的集当年可不是这样，五十年前我在这里插队，有一阵已将集定为资本主义“尾巴”的聚集地。电影《青松岭》里车把式钱广为旁人捎蘑菇去集上卖，就被批判不已。若干年后，我写电视连续剧《青松岭后传》，就特意写改革开放了，社员不仅要大胆把货物捎到集上卖，而且要大大方方在集上摆摊布点像样地卖，如此，乡村的市场才繁荣，农民的需求才能得到更大的满足。

写这篇小文的头天，我又去年集上逛，看见入口处大牌上写：腊月二十九加集一次。也就是说正月初一前连着两天都有集。我们小区的老人们看了笑道："这好生活，天天有集都不多！"

我心潮澎湃，对老伴说："今天你逛，我买！"

腊日情趣

腊日即腊八，古人写腊日的诗很多。其中最牛的当是武则天的“明朝游上苑，火急报春知。花须连夜发，莫待晓风吹”。说是诗其实是诏书：花神听令，明天（腊日）皇上我要游上苑，百花都得开放！据说，别的花都遵旨，争先绽放，唯有牡丹不开，武则天一来气将几千株牡丹逐出长安，移植东都，终使洛阳成了牡丹之乡。

杜甫的《腊日》则显得温馨许多：“腊日常年暖尚遥，今年腊日冻全消。侵陵雪色还萱草，漏泄春光有柳条。纵酒欲谋良夜醉，归家初散紫宸朝。口脂面药随恩泽，翠管银罂下九霄。”大意是往年腊八冷，今年暖和，下班了很高兴，理由一是回家要美美喝一顿；二是怀里还揣有皇上恩赐的“口脂面药”。口脂、面药，即护肤品，保护唇、面不干裂。我分析，杜甫八品官，这“恩泽”应不会是皇上亲赏的，估计也就是单位（部门）发的劳保品，如现代的洗衣粉、洗头膏，不很贵重。不过，历经安史之乱，老杜又有了工作，和皇上同在一个大院，腊八了，下班回家又不空手，于是心情必然极好，故成此诗。

长安毕竟不是北方，北方特别是塞北的腊日，用俗语一说有点吓人，“腊七腊八，冻死俩仨”。其实也没那么邪乎，我在乡下插队时，腊八有大集，生产队索性停半天工让社员赶集。此时秋粮早已入库入户，收成再差，腊月正月也有的吃，况且，劳日值核定兑现，手里多少有俩钱，正好去集上买点以做点什么。社员买油（火油，点灯）盐，扯花布，卖干柴，相对象；我们知青主要是买活鸡，为回城做准备。当年儿（一岁之内）的公鸡，价格我记得清：分量（一只）在三斤一两以上的，三毛五一斤，以下的三毛二一斤。鸡嗉子摸摸能有四两，也就那么回事了。拣大的买，均价一块二三一只。一个公社好几十知青，每人少说买七八只，一时间，集上人喧鸡鸣，或鸡飞人追，或人拎鸡行，倒也形成一道腊日绮丽的风景线。

我那时痴迷诗歌，还有点显摆，口中吟道：“农家少闲月，腊八人倍忙。夜来北风起，集市人如蝗……”同伴喊：“别蝗了，再蝗大个的都抢没了！”

我插队的山村穷，平时好饭就是稀粥，腊八了，还是粥，但变稠粥糨粥。我俩（俩知青一队，单成一户）归来忙着烧水、宰杀、煺毛、开膛破肚，一地鸡毛，两手鸡屎。觉出饿时，幸有老房东的孩子送来一盆热粥，才吃上，又有两户社员也让孩子端粥来。按说与后两户虽在一队，但关系一般，送粥缘由，就在那年代生产队年终独特的结算方法上。这方法社员称“杀富济贫”，我说可叫“特殊扶贫”，即由生产队做主，硬性将有余款者部分钱转账借给亏口粮款的，比如，扣除口粮款，那年我本该得100元，但只给80，那20转借给某社员，某社员家劳力少孩子多，所挣工分抵不上口粮款。如此，生产队账平了，他则欠我20元。一般说来，这钱社员之间必还清，但对知青，一次三五毛羊拉屎个还法，或送些蘑菇榛子黏豆包，包括糨糊，再看他家小孩子大冬天鼻涕流过河，就心软，不催要。社员又精明，隔几天请知青去他家吃豆腐，再弄半斤薯干酒，吃完喝完美美的，知青还不明白啥意思，必说那钱不要了，人家说哪能呢有了就还，往下也就拉倒了。前有车后有辙，这事头两年有实例，双方心如明镜，今岁腊八一盆粥，转天见面就多几分亲热，从此绝再不提欠款，也是让人家心神安宁。几十年后我再回村里，就有人拉着我的手说："你好仁义啊，当初，我还欠你六块五毛钱口粮款呢！"

承德腊日，大佛寺自清朝就施粥。前些年恢复施粥祈福时，我写文章，不少市民看了纷纷前往，一时车流滚滚人排长队。大佛寺的粥做得讲究，采购多种粳米，置于大雄宝殿内由众喇嘛诵经，再精心熬制，待腊日上午旭日东升阳光普照时于山门外分发。大佛寺在城北，我住城南，往返二十多公里（1公里=1千米），前去只为一碗粥，还有住得更远的，亦是早早赶来。相逢何必曾相识，庙前相聚一家亲。大家喝着热腾腾的腊八粥，相互说笑着，感觉这事是很好的腊日趣事，这粥是充盈着福气的粥，预示着国家更强盛人民更幸福！

若问那粥有那么灵吗？回答是心诚则灵！

从“改刀肉”到“一袋烟”

2019年到了，我祝福你！

“改刀肉”，是当年清朝皇上在山庄用膳的御品，后流入民间，变成达官贵人行旅客商由塞北前往京师携带的“途中佳肴”。叫“改刀”，是说御厨不知费了多少心思、“改”了多刀才做出来；谓“途中佳肴”，则指那时交通工具落后，行程漫漫，随身带一般食品易变质，改刀肉则凉天三五月不坏，三伏天也能挺十天半月。人困马乏，路边打尖，热汤干饼，吃一口改刀肉，好香！

我年轻时从承德去北京，走之前必烙饼，没改刀肉，只有咸菜。没办法，七个多钟头的慢车，当中得吃饭。吃着说：“地图上那么一小段距离，咋就变成千里江陵？管他生死，若有条大江一泻而至倒也不错。还有老师讲历史，也不真实，古时毕竟还有改刀肉，猪肉丝竹笋丝干炒，炒成后油大水少，故不易变质。”朋友笑道：“别提改刀肉，我带了菜包子，请大家品尝。”掏背篼，人皱眉，挖出一把菜馅，上火车挤烂了。车内热，过密云，兜子馊成笼罩布味儿，半车厢的人跟着皱眉，朋友还说：

"放好几滴香油呢，闻出否？"

当年我落户承德，最满意的是这里夏天凉快，最怵头的是交通不便。改革开放之初，有老外听说这是北京的"后花园"，坐火车来，五个钟头过后还在山里转，急得他冒出中国话："这后滑（花）园也太愿（远）了。"陪同说："远点好，远了有意思。"老外说："没意思，太愿（远）了还有甚妈（什么）意思。"其实不是路远，是车慢。

清朝康熙、乾隆皇帝带着后宫及人马来热河，浩浩荡荡，一天走四五十里（1里=500米），得走十来天。近代有公路汽车，好多了，但也急人。某年冬日飘雪，副专员在省会急电我去，乘北京吉普，上午出发，山道弯弯，翻沟下道车辆甚多，小心翼翼，晚八点到北京，办事处递过纸条，上记专员口谕：必须晚七点赶到石家庄。我一下想起电影《南征北战》：敌张军长被阻凤凰山下，接到限时急电，再看手表，早过一个钟头了。我只好苦笑，七点？除非飞去！

飞出塞北，或乘高铁走四方，是承德人许多年里的梦想，只是醒来还得面对现实——好在后来快车变五小时，有盒饭，旅游公路旁的饭店也有改刀肉，味道不错，有人说知足吧诸位，咱已经告别烙饼、菜包子，既得陇，复望蜀？

人心知足，可以得宽。君知不足，国可速前。

改革车轮滚滚，蓦然回首，2018已进冬月。初十夜从饭馆出来抬头望，半个冰轮切得齐整，由不得起疑：再有五夜月圆，这后几日莫非加了速？

纯属无知，但给我感觉，不唯明月更是人间，确在加速。四年前我很不情愿从市内搬到城南新区，站高层室内南望，野草萋萋，农舍几处，直抵凤凰山下。鸟眷旷野，人恋繁华，小区空房一片，唯有电梯代步可赞，却时有停电，二十多一，爬得我气喘如牛，赶上插队往山上挑粪了！然年不满十，岁不过五，今夜再站窗前，已是霓虹闪闪、灯火满目、凤凰涅槃……

2019年到了！我很期盼！

不管这篇小文发在年前还是年后，我都可以做到：元旦清晨，我站在窗前朝南望——京沈高铁上的列车，从东方的凌空隧洞飞出，如利箭，似电光，跨滦河，临凤凰，稳稳停在新落成的承德南站。此时，承德至沈阳段已通车，年内至北京全线贯通。以后从承德到北京，将用时不过四十分钟！

谁敢想象，用山里人的话，那不过是一袋烟的工夫。

我插队时，“下地干活大呼隆，抽烟撒尿磨洋功，队长呼喊干啥呢？答，尿完了，再空空”〔空，四声。不雅，属实〕。县中学物理教师刘大包，“大跃进”炼钢铁脑门磕生铁蛋起大包不消，“文革”中下放，因腿脚不好，跟女劳力一起干活。他自制麻梨疙瘩大烟斗，装末子烟，抽两口灭了点点了灭。妇女们说：“刘大包一袋烟，一抽能抽小半天。”刘大包说：“一袋烟不简单，人造卫星飞上天。”妇女不信：“一袋烟能窜多高，懒驴上磨转三遭。”刘大包说：“一袋烟，孙悟空，火车能够到北京。”必须解释，我们村支书讲话爱说四六句，社员受熏陶多能说顺口溜。但那时大家都不相信刘大包的话，说：“刘大包，发高烧，说出话来边不着，果真一袋烟能到，请你来吃黏豆包。”

现在，真是“一袋烟”工夫就到北京了。不知刘大包还在不在，真应该请他吃黏豆包。那会儿，社员没听过更没吃过改刀肉，在他们的心里，黏豆包就是最好的“嚼咕”了。“嚼咕”，方言，即好吃的。

挽住秋风

或许是夏日过于炎热与潮湿，令人煎熬，故秋意乍现，就如同盼到久违的朋友，在夜幕的凉爽中情不自禁地兴奋与埋怨——秋风，你为何姗姗来迟也！

唐代大诗人刘禹锡的《秋词》一诗，应是描写秋天的上佳之作：“自古逢秋悲寂寥，我言秋日胜春朝。晴空一鹤排云上，便引诗情上碧霄。”这里的关键是，此时刘禹锡正值第一次遭贬至郎州，即今天的湖南常德。一般说来，秋风袭至，寒水连江，黄叶飘零，面对此景，又是被贬之人，心情不会好到哪里。然刘禹锡则不是，秋风秋叶反倒激起他昂扬向上的斗志，一句“便引诗情上碧霄”，让后人无不敬佩至极。

郎州的秋天是怎么一个过程，我只能揣测个大概。但若说塞北山里的“三秋”，我还有些亲身感受——京师北望，燕山深处，秋来，先为初秋，此时白天依然很热，又称“秋老虎”。但这时湿气会很快消退，干燥的热风变成主角，这对庄稼的成熟起了至关重要的作用，即“晒米”。比如高粱，先前伏天雨水将地里的养分输入高粱粒里成“浆”，用手一掐，一汪白汤，只有初秋的热气，才能将其渐渐烘干成粒，终成粮食。其他农作物，道理亦同。我在乡下插队见到，尽管这时陈粮已尽，菜粥当家，但社员决不“啃青”，因为那漫山遍野一株一穗，看似青绿，实则是未来的“公粮”和家中仓格里的口粮。有一年初秋，我和几位大学生闲谈，就讲了对初秋的感受，“不得热风熏陶尽，哪有新粮成型时”，他们听了说很受启发，说应在大学里再历艰辛，把学到知识打牢做实，如同一颗饱满的种子，日后走入社会，才好尽快开花结果。

再说中秋。中秋是塞北最美好的时节。现在说最美，多是说色彩，尤其摄影爱好者，扛着“长枪短炮”翻山越岭，去寻斑斓多姿入镜。而先前让山里人喜爱的，是这时庄稼熟了，园里地里随便划拉一下，就有东西可以入口。烤玉米和红薯就不必说了，有一天起早割豆子，太阳尚未露头，地里挺凉，干了一阵，队长发话烧点豆子吧，众人欢呼。弄捆半干半湿的豆枝，点着，大烟大火，豆荚噼里啪啦炸响，然后地上一片黑灰，熟豆子就在其中。顾不得烫手，争相拣着吃，香得不行，吃罢全变成猪八戒，黑嘴黑手。至于摘苹果和梨等，当场是可以管够吃的，只怕你没有那么大的胃和好牙口。于是树上树下，一边干活一边说的都是你吃几个了？更欢乐的地方则是在场院，分粮食，月光明亮，排着队，大人不吱声，孩子乱窜，生产队长喊着骂着，小队会计看秤记数，然后是欢天喜地推着沉沉的独轮车回家。

到了晚秋，天气就凉了，山地变得空旷辽阔，蓝天万里无云。生产队干些收拾梯田坝沿等杂活，社员家也做些过冬的准备，男人进山打柴，女人借驴碾米。公社领导检查工作，大队干部陪着吃派饭……这时我们知青有了盼头，秋风吹罢，寒冬将至，就可以回城探亲了。

我那时学着写诗歌，县文化馆的老师来，夜里和我聊到刘禹锡，说要学人家的大境界，并问我想再写些什么，我随口说就写“秋风快快吹过”吧。转天，我送二斤挂面给生产队一户人家。那家妇女才四十多，最小的孩子不到三岁。她春上还下地干活，后乳房疼得不行，去县医院瞧，是癌，治不了回家来干靠，全队人都跟着心焦。进屋，见她正强忍着疼痛给孩子做棉衣，一针一线，串串汗珠，我心如刀绞。她谢了我说：“老天爷咋就让我过不去这秋天，这棉活还得做些天呢！”

我不知那天是怎样出了她家院门，在晚秋的长风中，我忍住泪水，见到文化馆的老师，他又问我想好怎么写了吗，我说想好了，题目变了，就叫《挽住秋风》……

近乡情怯

数年前春夏相交之际，在离开曾插队五载的山村三十秋后，我有机会重返故地。本是魂梦萦怀，急切前往，可那日终于望见了熟悉的山山水水，兴奋中却突然犹豫，有一刻竟停车路旁踌躇难行。当然，最终还是去了，夙愿得以满足。事后想想，在乡愁一朝释然的同时，也感受了一下什么是“近乡情怯”。

唐代诗人宋之问，身材高昂、仪表堂堂，进士及第，擅写五言诗，名气不小。但他的为人却多为义士讥讽，传说其外甥刘希夷有新诗名句“年年岁岁花相似，岁岁年年人不同”。宋之问求外甥将这两句诗的版权送给他。刘希夷不肯，再求，还是不肯，这缺德的宋舅舅一怒之下，竟叫仆人用土沙袋压死了外甥。此外，宋又是机会主义者，为了仕途，攀附武后幸臣张易之、张昌宗，二张被诛，宋之问贬泷州（今广东罗定市）参军，诸事艰难，慕想昔荣，次年春秘密逃还洛阳，途经汉江（襄阳附近的汉水），写了一首五言绝句《渡汉江》：“岭外音书断，经冬复历春。近乡情更怯，不敢问来人。”

"近乡情怯"，就出自这首诗。说来唐朝对下放干部的管理有些松懈，挺大一个活人，说溜号就溜号了，但这一溜却溜出一首好诗来。只不过，文章絮烦，精炼成诗，五言四句，其背后难言的因素多被隐去，更多表现的是一个长期客居异乡、久无家中音信的人，在行近家乡时所产生的一种特殊心理情感。而这又有极大的典型性和普遍性，终引起共鸣。

宋之问的家乡有汾州（今山西汾阳附近）和弘农（今河南灵宝西南）二说，不论哪一处，离诗中的"汉江"都尚远。故"近乡"，也只是从心理习惯而言，况且他这次也并未逃归家乡，而是洛阳。按常情，一路惶惶奔来，他本该"近乡情更切，急欲问来人"才是，但他却"不敢问来人"，为何？很简单，与其负罪之身是分不开的——他不知家中这一段发生了什么变故，不敢想，不敢见……

细想，我那次"近乡情怯"也不是没有缘由的：插队伊始，我和同学二人分到一个生产队，房东姓于，按年龄称于叔于婶。于叔家三个孩子，女儿桂霞姐和我俩同岁，两个男孩则小些。于叔是典型的老实巴交的农民，很少说话，高兴了也只是"嘿嘿"一笑。于婶则是极开朗在外面能张罗的人，她一天说的话，够于叔说上半年了。

当时村里日子好的人家有住新瓦房五间的，有住旧房也是上瓦的，但于叔家还住着三间草房。他们能腾出西屋接纳我俩，很不简单，因为山里闭塞，最早是说我们这些学生是在城里犯了错误下放来的，多不愿招惹。但于叔于婶不怕，住到一起，他们待我俩如自家孩子，我们很快成为一家人，那三间草房，也就是我俩温暖的家。只是后来我上学三年分配在承德（市）工作落户，一段时间里生活亦为艰辛，而插队那县又划离承德，渐渐联系就少了。但也知道于叔他们与回到天津我那同学来往密切，桂霞姐的两个孩子都去了天津创业，并落户津门。而我却没能帮助做些什么了，心中便惭愧，越惭愧则越不敢联系，到后来听说于叔不在了，又过些年于婶也没了，我暗自哭了一场，清明烧了些纸，却仍不能释去内心的愧疚……

没了于叔于婶，山村可还有我的“家”？那日心中纠结甚至一时停步村头，“情怯”，就怯在这里。然而，当报信的孩子奔去，远远地见桂霞姐和她的大弟迎面而来，桂霞姐叫一声“我的好兄弟”，大弟喊我一声“哥”，我泪如雨下，情怯顿时不在——我又见了我第二故乡的亲人，还有我的家！

我的阅读往事与文学情结

毫无疑问，我的文学情结最早应源于我年少时的阅读。

严格讲，最初的“阅读”，根本算不上真正意义的阅读，而只是一种对阅读的渴望与模仿——一个幼童，在身边无人的时候，手里拿着一张白纸，嘴里嘟嘟说着一串连自己都不知道是什么的话。说来好笑，不光我，据说好多后来从事写作的人都曾有过这样的“阅读”。或者说这是本能使然，更是日后能成为作家的人的天性潜能。今天这种情况少见了，幸福的孩子在母体里就享受胎教，如果愿意，睁开眼就有各种图画、图书供他们观赏阅读，但愿他们中能出更多的作家艺术家。

我运气很好，出生在大城市，当幼年的模仿“阅读”过去后，很快就有了真正的书刊供自己阅读。我的青少年时期的阅读，后来被我称为“兴趣阅读”。这种阅读首先出自兴趣，是在极大的快乐和愉悦中进行的。二十世纪六十年代的前五年，是一个很特殊的年代，一方面经过三年困难时期，人们渴望冲破“大跃进”以来的思想禁锢，另一方面则是要抑制这种倾向并从青少年抓起。表现在阅读领域，对青少年的阅读，是有明确严格的引导和规范的。假如你看了《聊斋》，那就是中了鬼神的毒；看了《红楼梦》，则是中了封建主义的毒；看了《红与黑》，更不得了，中毒中到外国去了。所以，那时如果你是一个特别听话的学生，绝对不可能有广泛的阅读的。

我大概属于不怎么听话的学生，我的兴趣让我像只饿狼，四下搜寻课本以外任何带字的书。用“逮着什么就看什么”来形容，一点也不为过。在读纯文字的小说之前，我是街边小人书铺的常客。在家中我是老儿子，不知道哪根弦起作用，我不爱花钱买零食，弹玻璃球、滚铁球等更不喜欢，只愿意去看书。母亲不识字，但我要钱看书，从来有求必应。不过，大约到了小学三四年级，我的兴趣就转移到“厚书”上了——厚书禁看，过瘾。虽然字还认不全，但我还是先后看了《三国演义》《水浒》等，面对繁体字，我能顺着念或靠上下句猜，弄清大概意思。

我的阅读兴趣也有点缘由：我与几个要好的同学每天早上都要提前去学校，聚到一起神聊一气。而若要有话语权，就必须提前看书肚里有货。比如我先看了《杨家将》《岳飞传》，那么我就成了这一段的主讲，别人对你就会很客气。这对小学生来说很重要。每天下学我都是匆匆回家，抓紧写完作业就抱起书看，看到兴致高时，吃饭都放不下。为此，脾气暴躁的父亲不止一次摔筷子，弄得全家人都很紧张。但我依然如故，如果这一天有一本小说等着我看，我会心情很愉悦。

1966年搞“文革”了，焚书的火焰不断，但强压之下适得其反，人们特别是青少年趁着混乱，反倒私下里传阅“禁书”。我还有个得天独厚的条件，我的二姐在市文化局办公室工作，兼管资料室。运动来了图书下架成堆，她能提着整兜子的书带回家来给我看。我先是爱看历史类的书，纯文言的看着费劲，但有《东周列国故事新编》《前后汉故事新编》等让我着迷，后来又把《红旗谱》《青春之歌》《林海雪原》这些现代作品，也看了一遍。

“兴趣阅读”不仅使我对文学产生了极大的兴趣，而且很快就转化为文学创作的实践。在农村插队时，当身边同学在劳动之余喜爱打扑克时，我已经开始了最初级的文学创作了。而这种情结一旦萌发，就是不可收的，并开启我的第二阶段的阅读和创作。

这第二个读书阶段，我称之为“创作阅读”。时间起点也明确，即1980年。那时我30岁，告别了青年时代，落户承德。工作之余，我从看小说的人变成了写小说的人。在尔后漫长的30年里，我的阅读就有了很强的针对性，即在广览群书时，要拿出更多的时间和精力阅读与我写作内容联系密切的书。

看起来有点实用主义，但没有办法，时间与精力总是有限的，我必须抓住主要矛盾和矛盾的主要方面。比如，创作之后，我很清楚我的小说创作优势是写中篇。那么，为提高中篇小说创作的水平，我就需要把中外中篇小说名著和当时发表的有影响的中篇都看了。这和先前的“兴趣阅读”大不一样，这需要仔细看，然后有些分析，重要的是须感悟出要学人家一些什么，不能光看热闹。这是一个“读研”，阅读与研究并行，而且有时间的要求，毕竟还是要保证个人的写作的时间，以使作品能源源不断地写出来。这种阅读基本上是在创作空隙时间进行的，还有些劳逸结合的意味。

当然，在几次写长篇前，我的阅读又加重了分量。比如在写《梨花湾的女人》和《多彩的乡村》时，我都重读了《创业史》《三里湾》等作品，从中寻找某种感觉。而写电影剧本时，更要先阅读别人的作品。说心里话，特别是写剧本时的阅读，多少有一点强迫性，但如果不阅读，就无法涉足剧本。

我的第三个阅读阶段，是我从以写小说为主变成写随笔并搞书法以后的阅读，我称之为“文化阅读”。

这个时间起点更清晰，是2007年。那一年春上，承德的朋友为我办了一个书法作品展，一时引起关注。我从小写过“大字”，二十多岁时还下大力气习研隶书，后来忙于写小说就放下了。但随着参加各种笔会的机会增加，需要当场写毛笔字的机会也多，我又把毛笔字捡了起来，几经临帖习法，就能多少写出些模样来。

展览一现，众人惊讶：都知道老何是写小说的，但不知道他的毛笔字还写得不错，也是作家里的书法家了。众人一抬举，我也有些不知深浅，往下就与书法界有了交往。社会活动多起来，忙乱中想想小说也写得不少了，见好就收也不错，于是就把小说创作往一旁放放，写起了随笔。

承德是历史文化名城，一座山庄，半部清史，无论写随笔，还是写诗赋书法，都需要对这里的历史有深入的了解。为了提高文化修养，我又重读历史，尤其细读清史。少了一篇篇的稿债，想写就写点，时间变得宽余，我也就有闲情浏览各种书籍刊物，这十年，我的阅读极为随意，就如对联上写的：静坐细观书画意，闲来常品词曲情。这种没有压力的阅读很是惬意，我很喜欢。对我这阅读的第三个阶段，我想要它如一曲“高山流水”长久地弹奏下去，从而使我的晚年生活更有文化气息，丰富多彩，文学情结由此愈发天长地久。

新年的祝福

2019年将至，新年将至。远在武汉的五姐从微信上发来照片——一件已经褪了色的婴儿穿的小红夹袄，我一眼认出，那是我出生后穿过的，算一算，至今已近七十年。

父亲在世时告诉我，1951年元旦将至时他很兴奋。那时他和几位同人在天津海河东浮桥（金汤桥）旁开了间粮米店，店名叫“一心”，意求合力同心做好生意。父亲说他之所以兴奋，一是新中国成立了不再提心吊胆了，早先家在东北闹胡子（土匪）；二是只要遵纪守法买卖公平，日子准能一天比一天过得好；三是我母亲将要生产，邻居们都说是男孩。果真如此，在已有五个女儿之后，父亲将老来得子！你说，他怎能不兴奋？

虎年腊月的瑞雪飘落在天津老城内外，东浮桥下的冰面洁白如玉，新年前的娘娘宫（天后宫）前人流如潮头，父亲身着从东北穿来的旧黑棉袍，从“一心”来宫前大街，买了香进去点燃，期盼新的一年有好运——得儿子，生意旺！

如愿也！才过新年九天，我就在娘娘宫旁的水阁医院出生，于是也就有了那件小红夹袄。那一年，“一心”的生意很好，众人喜气洋洋。父亲说，新年许心愿，全年都顺当。往后，每个新年，父亲都备下一桌丰盛的饭菜，与全家人同乐。

转眼1956年的新年又至，新年新气象，经过一年的奋斗，父亲等人自办的来料加工作坊顺风顺水，几盘手摇捣子黑白不停砸“山字”（收音机“山”字形磁体），生活就在捣子发出的“咯噔咯噔”声中步步高。东马路“一品香”糕点店里有大小八件槽子糕，新年前夜，四姐带五姐和我去买，回来男女老少就在灯光通明的堂屋作坊间品尝。我从小就不馋，啥好东西也吃点就够。我更愿意在新年将至的灯光里和小伙伴在院里藏猫猫、数星星，然后朦朦胧胧地想：新年新年多多来，多多来了，我就长大了，长大了，就能干大人的事，可以挣钱买更多的点心给大家吃。

岁月不居，转眼我早已成人，落户塞北，并以一家之主的身份迎接新年。1978年的最后几天，我亦是在兴奋与忙碌中度过的，一旦稍有空闲，就思绪不断，兴奋点就在渴望新年快快到来，并对新的一年充满了美好的憧憬……

难道不应该是这样吗？十一届三中全会召开，全党工作重点转移到经济建设上，从此不必再神经紧张地工作和生活，不必年年填表为家庭出身和老人的历史而担惊受怕。须知这类包袱曾压得多少人多少年里抬不起头！而1979年的新年，犹如春天惊雷打散雾障，拨云见日，从此我（们）可以仰首做人坦然做事了。

还有一宗，我将为人父，妻子的预产期在元月八日。老人都不在身边，我必须为此做好一切准备。从新年第一天开始，我一边写讲稿，为新学期解读三中全会精神备课。同时，又要把饭菜做好，炉火烧旺，随时准备迎接家中新成员的到来。一月八日到了，去医院却又不生，熬到九日凌晨一点，女儿出生了！忽然间我惊愕了——我俩生日竟然都是一月九日！

北国冰封，蜡梅初绽，2019年的新年到了。“老骥伏枥，志在千里”，年近七十的我，如今对这句诗又有新悟——时代发展，老骥不老。我十年前学会开车，自驾出游何止千里？昔者地隅偏远出行不便的承德，不仅有了机场，通往北京、沈阳的高铁来年就要开通，而我家就在高铁站附近。站在高层窗前，背靠滦河面对青山，只见高铁从半山腰穿云飞出，如利剑出鞘，如此景象，正是祖国强盛、人民幸福的写照，新的一年，更多的变化，哪里是我这老汉能想象出来的？

话说回来，那件七十年前的小红袄能保存至今，实为当年经济条件所限，我穿过后，众外甥们还要穿。五姐毕业后分配到江西大山深处兵工厂，结婚成家了，母亲把所有的小衣服都收到一起。记得很清楚，那是1971年新年前，在请假回津看望生病的父亲后，我送五姐去西站回江西，箱里就有那件小红袄。车开动，五姐隔着车窗挥手，流泪，我亦流泪。出站后我又奔东站，去我插队的塞北，那一时也想过，为何又要离开天津呢？但不行……想想运动几年间个人和家庭的变故，令我有些沮丧，世世艰难，何时是个头儿？不过，当我来到海河边，看见遥远的天际线，心情却渐渐豁亮起来——看不见，无论时世多么艰辛，新年的曙光不是又照常来到人间？只要有新年，就有希望，那就迎着新年祝福，大步前行吧……

三生有幸

三生，佛家指前生、今生、来生。幸，幸运。合为成语“三生有幸”，三生都幸运，那是极大的幸运，如“久闻先生大名，今日得睹尊颜，三生有幸”。

同时，或得到贵人、朋友的及时帮助，化险为夷；或有感猪肉炖粉条管够造，无须用肉票，摸摸腰围三尺三，想想先人饿得前胸贴后背，感叹自己赶上好时代，真乃“三生有幸”，也合适，还实在。

唐朝有和尚，号国泽，与朋友李源善（一称李源）外出，见一孕妇在河边汲水，国泽对李说：“这妇人怀孕已三年，只待我去投胎，我一直避着，现在遇见没有办法了。三天之后，你到她家去看，如婴孩对你笑一笑，就是我了。再过十三年（一称十二年）中秋月夜，我将在杭州天竺寺等你。”说罢那夜国泽圆寂，孕妇生一男孩，第三天李源善去探看，婴儿果然对他笑了一笑。十三年后中秋夜，李源善到天竺寺，见一牧童坐在牛背上唱歌道：“三生石上旧情魂，赏月吟风不要论，惭愧情人远相访，此身虽异性常存。”李源善听了叹道：“国泽与这牧童真是有三生的缘分啊。”

成语“三生有幸”，就从这故事来的。投胎转世，八戒原本天蓬元帅，那是作者编的，咱不会当真。但如说某人与某地与某人有些特殊的缘分，倒也不虚。比如我与天津古文化街旁的“水阁医院”有缘：在那之前我家在东北，母亲生两个男孩皆因难产不活。后举家迁津门，举目无亲，东一头西一头，偏偏就落在东门里，距水阁医院很近。而水阁医院是当时有名的现代医学妇产院，往下母亲生我又难产，但“水阁”保我们母子平安。前年在水阁医院旧址做电视访谈节目，夜里做梦——出生时我哇哇啼叫，其实我是在喊“我三生有幸呀！哇哇哇”，只可惜大人听不懂。没有新社会，没有“水阁”，对我来说一切免谈，如此怎能说缘分不重？不三生有幸？！

我插队时，公社有张姓文教助理，人称张助理。别的公社都选女孩到广播站，他跟我聊过几句后，就偏挑我去。要不是后来我没弄好播出了苏联台，我肯定是全县知青第一个被“选调”（参加工作）的。到了1973年考大学（1973年是“考试入学”，1977年是“全面恢复高考”），我考得很好，随后体检、透视，姓张的小大夫很奇怪，破例问我的名字，透半天，说“你肺有问题”，不容分说，把体检表抽一旁去。从县医院出来，我心说完了。你说咋这巧，迎面就见到张助理，他一听说：“扯淡！走，透视的是我侄儿。”推门叫出小张大夫，对我说：“你喊一嗓子。”

我心里憋气，“啊”地吼一声。张助理指脏兮兮的过道说：“看看，都掉灰了，这是牛肺！你啥破机器还照出毛病？快改回来。”小张大夫连声说：“好好，老叔您放心，我照办就是。”

往下我就上了大学。后来听说，那年全县就一个河大中文系名额，有人跟我争，就使这招。而能在那一时一刻就遇见张助理，而且张大夫又是他侄子！实乃我的“三生有幸”！

不说个人，还有个大的“三生有幸”，即我们这年龄段的人赶上了改革开放的好时代。那天我和年轻人聊天，他们说有房贷车贷压力大。我说：“我当年没房贷、车贷，没压力，但每月工资先是三十七，后是四十三点五（元），上有老下有小，住平房生炉子，星期天洗衣砸煤劈柴，三十斤定量百分之六十棒子面，你们可愿对换？”

几人异口同声说：“打死也不换！有压力就有动力，还是现在好！”

没错，方今即便不是“两节”，商场超市，也都是节日一般。购物人拎大包小包结账，掏出手机一点即可，连我这老头子都会，价都不问。这等生活，先前哪里敢想，不是“三生有幸”又是什么！

前些时我遇见一老农，他生病住院。面对每天一张张费用单，连看都不看。我说“你挺有钱呀”，他乐了，掏出一小红皮本，是“贫困户医疗证”之类的证件，他说：“我住院，不花钱。”

见我不信，他给我讲了当下各种扶贫政策，他属于精准扶贫一类的。我一时还有些听不大明白，待他办了出院手续回来收拾东西，我问：“真的没花钱？”

他说“这还有假，一万多，连床钱都免。”

我说：“你真是‘三生有幸’呀！”

他摇摇头：“‘三生’？八生都不止……”

仰学“先贤”

面对先贤，高山仰止。学习先贤，榜样在前。

古时有这么一位官员，叫李有叔（有说北宋人，有说明朝人），先供职京城，后外放地方当知府。如同现今干部交流，他没带家眷，过着单身汉生活。不过，他过的是真正的单身汉生活。那时与现在无法比，现今交通方便，为官在外，千八百里，高速公路，两旁风光看不够，轻车已到家门口。古时不行，出行不便，“日暮乡关何处是？”，车马舟船使人愁。况且，李有叔胸怀大志，勤政一方，殚精竭虑，同时又恪守法度，严于律己，早已将公私分得清清楚楚，不越红线半分，更不会耽于妻儿老小常怀归乡愁绪。

话说在李有叔为官期间，在他身上发生过两件事，令人佩服。

一是“闭门迎使者”。准确讲，是“闭门迎领导”，而且是国家监察部门的大领导。此事非同小可，关乎一个地方官员政绩评价及官位升降，按说紧着打溜须还打不过来，哪里敢有丝毫怠慢，可李有叔就敢说不。

事情是这样的，那时官场也迎来送往，有迎至几十里外府界县界的，也有迎到城门口的，但都须早早去候着，常白白耗去许多时间。李有叔勤于政务，惜时如金，不屑为此奔忙。有一天傍晚时分，得知监察部门的人将至城外，他这才去迎接。可时下有规定，酉时必须关城。结果，城门关了，领导才到。这可怎么办？按说在自己的一亩三分地上，又是公事，破例开门也就是了。但李有叔没这么办，他在城洞子里透过门缝说：“对不起，到了关门的时间，有劳你们在城外住一宿，明天我再来迎接。”也不知对方高兴不高兴，总之他是把人家关在了城外，直至转天一早开了城门，才迎进来。这个举动非同小可，没点胆量且心存私念的官员想都不敢想。

第二件事是“灭烛读家书”。严格的用语，该是“熄灭公家的蜡烛，点着自己的蜡烛看家书”。这事更是令人敬佩叫绝——说的是李有叔有天晚上办公，看京城发来的文件信函什么的。看了些公文后，忽然翻见一封家书，按说接着看就是了，可他不然，忙让下人把案上的蜡烛吹了，换上自己花钱买的蜡烛，再读。这是什么，这是“灭了公家烛，自费读家书”！世间少有也。对此他的解释是读家书是私事，不能用公家的蜡烛。

这两件事史书上都有记载，应该是真的。真到令人乍一看，或许都觉得这李有叔也太教条和太加小心了。可人家就这么做了，你不服不行！

这等事只是个例否？其实不然，古时官员公私分明的事还有很多，有名的如春秋“子罕弗受玉”——时宋国有人得一块玉，欲献给国相子罕。子罕不接受。献玉的人说：“我已经让玉石工匠看了，认定是珍宝，才敢献给你。”子罕说：“我把不贪财作为珍宝，你把玉作为珍宝。如果给我，我们都会丧失了珍宝，还不如各人持有自己的珍宝。”献玉人跪拜说："小人带着璧玉，很难安全回乡里。"子罕听罢，就把献玉人安置在自己的住处，还请一位玉工替他雕琢成器，待他富有后，帮他顺利返回家乡。

还有东汉"杨震拒金"——杨震曾屡荐秀才王密，四次升官，王密感恩却无从报答。有一次，杨震路过昌邑县，王密时为县令，夜里怀揣十斤金子来赠杨震。杨震说："作为老朋友，我了解你的为人，可你怎么不了解我的为人呢？"王密说："夜里的事没有人知道。"杨震说："天知道，地知道，我知道，你知道。怎么可以说没有人知道呢？"王密愧疚，忙出门走了。

杨震为官清廉，不接受私下的请求。他和他的子孙们与平民百姓一样吃蔬菜，出门步行，亲朋好友劝他为子孙后代置办些产业，杨震坚决不肯，他说："让后世人都称他们为清白官吏子孙，将这些留下，不是十分丰厚的吗？"

时还有"羊续悬鱼"——羊续在河南南阳太守任上，廉洁自守，赴任数年未回家。一次，他的夫人领着儿子从老家千里迢迢到南阳郡，不料被羊续拒之门外。原来，羊续身边只有几件布衾和短衣以及数斛麦，根本无法招待妻儿，遂不得不劝说夫人和儿子返回故里，自食其力。

羊续从不请托受贿、以权谋私。他到南阳郡上任不久，属下的一位府丞送来一条白河鲤鱼。羊续拒收，推让再三，这位府丞却执意要他收下。当这位府丞走后，羊续就将鲤鱼挂在屋外柱子上，风吹日晒，成为鱼干。后来，这位府丞又送来一条更大的白河鲤鱼。羊续把他带到屋外的柱子前，指着悬挂的鱼干说："你上次送的鱼还挂着，已成了鱼干，请你一起都拿回去吧。"这位府丞甚感羞愧，悄悄地把鱼取走了。

多了不说，只这数位先贤，就够后人着实学一阵了。至于能否学得了，不是说有疑问，而是有人真就学不了，甚至反其道而行之。瞩目当今，多少曾经意气风发很有作为的青年才俊，原本有大好前程，却不以前贤为榜样，反学堕落贪吏，收礼受贿，以至触犯法纪，结果断送了自己的人生？高墙之中，悔之晚矣。

公私有别，清清朗朗，可如何就乱了界限？原因很多，非我三言两语就能道明。然细细想来，倒也觉出冰冻三尺非一日之寒，公私不分，潜移默化，分明也是有些时日了。比如我小时常受家长、老师教诲，无论谁家的东西，哪怕路上捡到的东西，皆不可取之。记得低指标那年，我在路上捡到两斤粮票，立即交给警察。须知那时的两斤粮票，关键时刻能救人之命，因为无此票证就买不到入口之食。参加工作之初，上班骑车空手而来，下班空手归家，家中缺少什么，上街购买，买得起就用，买不起就忍着，单位、办公室公家物品再多，与我毫无关系。

然后来住进家属院，却让我大吃一惊，但凡进了谁家，屋里屋外，几乎无处不是公家的东西，桌椅床凳，都标有部门名称号码。拖布扫帚，皆出自后勤。稿纸信封墨水，更是孩子作业用品乃至如厕之物。至于大院内生活富足之家，柴煤成堆，米面丰盈，无不与主人在单位有权或有便利条件有关。时风之下，公家自家难分，有人心中不甘，每每归家手不空，哪怕拎块破木杂物……

两间朝阳平房，固然安逸，小院柴墙毡棚，倒也整齐。然住不到三载，我就调动工作，搬家。退了平房小院，弃掉柴煤，从此再不住家属院（楼），远离双方单位，眼不见心不烦，平心静气工作、写作。

后读书不辍，纵观历史，仰拜先贤，便心中觉悟。待奢侈应酬之风渐起，做事难以专心，人情关系复杂，我就于1998年，才过47岁生日之后，借着写长篇小说《多彩的乡村》之机，毅然打了辞职报告，几番找领导，终于辞去单位一把手行政职务，随即打道回府，从此在家写小说也。

这个举动，用朋友话说：在本地干部中，先无前例，后少来者。

辞官容易，但在现实中须经得住一些看似简单实则又不简单的考验。比如先前我有带套间的办公室，有秘书，有专车，请客吃饭无须我操心。一旦辞了官，就无下属为你服务，也没了办公室和公车。出行骑自行车，请客吃饭来朋友买门票，皆自己掏腰包，与平民百姓毫无两样。此时，众多与我年龄相仿的官员正风光无限。在随后很长一段时间里，虽然多数人还勤于公务恪守情操，但裹于潮流之中已很难独善其身。有些人则放弃信念理想，公款如私钱，或手握权力交换四方，或终日酒宴沉于醉乡，还有的则贪欲无度，干些不敢让人知道的事……

而我呢？别的不说，就说有几次重要场合，就因我骑自行车，又无西装领带罩身，竟被宾馆保安挡在门外。一次，正遇坐车来的官员，他曾为我的属下（我33岁为正处级，后在几个部门当一把手），见状发怒，我则劝解，笑道："不怪保安，只怪我这身行头和哗哗乱响的旧车，让他们觉得我不是能进这里的人。"

对此，朋友好心，说别人的官都当得好好的，你能力又强，为何就不当了。我不解释，一笑了之，或以写作为由搪之。亲戚不解，直言："现在都争着当官，都在捞好处，你却辞官，你傻呀？"我也直言说："我就是不想捞好处，才辞官！"此话一出，对方愕然，不再言语。

岁月不居，二十年光阴转眼过去，改革开放，国家强盛，人民幸福，江山如画。岁月无情，曾经的同僚或已退休，风光不再；或先前烦事难了，心神不宁；还有极个别人甚至一步踏雷，身陷囹圄，隔窗望月。

再看我老何，二十年一介布衣，书生本色，无权无职，无欲无求，两袖清风，坦坦荡荡，可谓行得稳，睡得安。且在不经意间，还有文章再添、辞赋问世、书法献艺，更有了许多新的朋友交往。有人说你二十年前之举实在高明，又问我如何早有预见，我言：“谈不上高明，只是世事纷繁，既然无力化解，不如早早避之……”

当然，想想李有叔，我还是心有愧意。

但我也只能这样仰学先贤了。

一条大河波浪宽

滦河是一条大河，是我们塞北大地的母亲河。

说来有缘，老何老来置房于城南，窗外就是滦河。正如歌里唱道——“一条大河波浪宽”“我家就在岸上住”。虽然没有船工的号子和船上的白帆，但透过滔滔东去滦水，我看到了历史的天空和悠悠往事……

滦河是一条功勋河，避暑山庄的营建与她密不可分：清康熙四十年的一个夏日，滦河两岸青山茂林，水面银波粼粼，一只巨筏顺流而来，停在滦河与武烈河交汇旁一个叫雹神庙的地方。从筏上走下众人居中者，正是大清康熙皇帝。他见此地宽展，便有建行宫之意。恰于此时，台吉乌拉岱闻讯前来，迎请圣祖皇帝前往热河上营。到了那里，皇上见山环水抱，五行俱全，实乃天赐福地，喜之不尽，即令直隶总督噶礼建造行宫，修造殿阁楼台，并定名为避暑山庄。

这件往事，是一位署名曼殊道叟的人，于道光元年留下的一册满文笔记。曼殊道叟何许人，已难考查。但这段纪实，明白地道出了滦河之功——康熙是乘筏浮滦水而来，倘没有这条大河，或许就没有避暑山庄。

缘由就在于，在清初京师通往木兰围场的路上，喀喇河屯（今滦河镇）才是重要一站。这里的行宫，也早于避暑山庄二十多年就建成使用。而若由喀喇河屯经陆路到热河上营，由于中间有一座大山广仁岭，通行并不方便。因此，当今天我们说起滦河，除了她给塞北带来“风吹稻花香两岸”的绮丽风光，还不要忘记：历史有时就是这么偶然与有趣，一条大河波浪宽，引得“龙”来，于是山庄应运而生。

滦河是一条爱心河。二十世纪七十年代后，天津市缺水已成大问题。那时我每年都回家看望母亲，聊起过日子，母亲说眼下是费茶叶省盐——自来水又咸又涩，多放茶也难遮其味；水又咸，做汤基本不用放盐了。那时天津人的最迫切的愿望，就是喝上甘甜水。可是，海河上游的几条干流都缺水，无法承担这个任务。而只有发源于承德的滦河才有这个能力。于是，引滦入津工程显赫上马，几经奋战，1983年秋工程完成，我回家。母亲笑呵呵拿出市政府发给市民的茶叶，冲泡出上好的滦水香茶，告诉我，邻居们都说：你们的滦河，是条好心河，是条爱心河。我为我的滦河自豪、骄傲！一条大河波浪宽，一条大河心胸更宽！

滦河水分两路进天津，一路由暗渠入水厂，一路由明渠入海河。海河由此才水态丰盈，与两岸建筑融为一体，其风光与法国巴黎塞纳河风光不相上下。今年清明回津，我特意乘游船夜游海河。但见横跨河上的大桥气如长虹千姿百态，两岸高楼灯光灿烂，一时间，我遐想不已——海河、滦河，塞北、津门……乘此船溯水而上，就可驶达我在滦河岸边的家。在家门外的滦河放一个充满祝福的漂流瓶，很快就能漂至古文化街……

滦河，你是一条多么可爱的大河！

比较海参崴

改革开放四十年，身边发生了太多的变化，渐渐习以为常无新鲜感。一些年轻人少知以往，甚至以为岁月更迭必然如此。日前和老伴随团去俄罗斯远东最大的城市海参崴，意在领略异国风情，然亲历种种不便，不由地与国内比较，差别之处，令人感慨不已。

出海关前导游再三讲，俄罗斯人办事效率低，请大家千万不要着急。我还想，不就是到机场看护照过行李，能慢到哪里去？待进去后才发现缘由，如护照交上，他们不是机器扫描，还是人手操作，一个拼音一个拼音拼出你的姓名，再看你和照片是否为一人。一旦同团里有姓或名同音，如江小红、姜晓宏、蒋笑洪，拼音都一样，这就麻烦了，得反复核对。即便顺当，一个人也得五分钟，一个团三四十人，一专列上百人，得多少时间？过行李更慢，一个长不过二十来米小通道，足足等了四十分钟，熬过去才发现，明明有两部扫描机，就开一部，工作人员个个稳坐钓鱼台，快慢与他们无关。倒是买了大量中国物品返回的俄国人，其中有一个人带着四把椅子还有七八个大包装纸箱，一点点往里挪，与过关速度很协调……

从边境坐二手韩国大轿车须三小时到海参崴，来回途中就一个休息点，有一间与我们乡下小超市相似的售货点，一旁用一个个旧塑料小屋连成一圈的厕所，脏得难以入内，但又不敢在异国他乡野放。不分大小便，每人人民币三元或二十卢布。按汇价，二十卢布到不了三元人民币，但任何地方甚至海关内的厕所都这么收。旅游团多为老人，尿频，交了钱又尿不出来，就想起国内高速路休息站豁亮干净的洗手间，由不得连连叹气，待腹部发松，尿液方才流出。

入住临海的船型白色宾馆，外观不错，进房间令人大跌眼镜——两张小床，宽不过八十多公分（一公分 = 一厘米），真不知男子虎背熊腰女士丰乳肥臀的俄罗斯人如何去睡；电视还是老式的大方块，手按键，除两三个台清晰，余下都是花花嗒嗒的画面；洗手间地面没地漏，只能坐在一个小浴盆里淋浴；一床小薄被，把我们冻够呛，要求调房加被，一概不行，直到第三个晚上才加个薄毯。都说出去玩不必讲究吃住，可让你当一晚上“团长”，就知道难受了。比较一下，这等设施，不要说我们这里市县宾馆，就是农家乐，随便找一家，都难得一见。

这里的早餐还算丰富，有面包、牛奶、香肠、果酱等，然进门要求脱外衣，令人不解。是习俗，还是怕夹带食品？不得而知。导游讲这宾馆不愿意为旅游团提供正餐，那就外出吃午饭，一进去全乐了，服务员一口东北话，等于又回了黑龙江。说来海参崴人不傻，将厕所把得很严。但每人必须消费的一顿五百元海鲜大餐，他们却不挣，全让中国人自己挣走了。

六月的海参崴阴雨绵绵天气很冷，准备不足，把所有单衣裤都套上，笨笨地行走在几个不大的景点间，诚如当地导游所言，如果不听他讲，啥也看不出来。但有两块清光绪年间的残碑，还让我们清晰地看到这里原本是中国的领土。或许受语言限制，当地人对中国游人并不热情。或许那里的东西如香肠、巧克力便宜，中国游客大包小包地拎出，有点伤了他们的自尊。但没办法，如今中国富强，中国人外出，早已告别带烙饼、咸鸡蛋的时代，一张银联卡想买啥买啥，就是说话大声一些，我看也没什么。

宾馆房内里没有烧水壶，一层楼就一个热水器，我去打水，正值需换一新桶，一俄罗斯中年女服务员指桶又指我，意思是让我来换，我毫不犹豫摆手说“No”。她很不高兴，弯腰抱起，嘴里嘟嘟说什么，我听不懂。我说：“有能耐你别换。”她也听不懂。可不是我不礼貌，我去前台要被子时，服务员一摆手就拒绝了。那饭店常年住的全是中国人，服务台竟没有一个懂中文的，什么意思？所以我也要说No。

当然，海参崴还是值得一看的。但本文写比较，就不涉及那些了。临走前，有一顿俄罗斯风情大餐曾令人期待，以为是一场精彩演出：坐车到海边，也不见饭店门面，走小路绕来绕去进一老屋，还上二楼，灯光昏暗，游人挤在数张圆桌长桌周边，当中留块空场，四个俄罗斯姑娘随音乐边唱边舞。上菜了，熊掌肉饼，咬一口，有人说午餐肉味，再上什么，也嚼不烂。往下歌舞声震，又拉游人同舞，倒也热闹，吃什么都成了次要的。后来不跳了，仔细一看管事的端菜的，又笑了，还是东北口音！等于每人又花四百多，又吃了一顿东北饭！

没有空调的日子

今年夏天初伏就酷热难当，然人们却能安然入睡，得感谢空调！那一夜我开窗望，热浪扑面，月色恍惚，于是就想，当年热河若热成这个样子，康熙肯定不在这里建避暑山庄了。

“三庚退暑清风至，九夏迎凉称物芳。”这是康熙三十六景第三景“无暑清凉”的门殿题额，可见当年这里夏日的怡人景象。几十多年前，诸多天津知青选调到承德市工作，纷纷安家于这塞外小城，一个重要的因素就是这里夏日舒适好过。而天津的夏日，在那时就已经让人苦不堪言了。

记得没有空调的日子，夏天清晨津门一奇景，就是不少人都睡在大街两旁，或支一铺板，或一躺椅，横七竖八，袒胸露背，贪婪地享受着晨光里裹挟的一丝微软的凉风。小时候我和父亲同居一室，父亲的大蒲扇就是我的“空调”，夜里忽然梦见飞向高空凉风习习，睁眼一看，父亲的胳膊还在机械地摇动……

插队数年间，生活辛苦，但庆幸的是山村的夏夜凉爽，特别是后半夜山风渐起，能盖被子美美睡一觉。所以，尽管三伏天干活又热又累，却很少有人这个时候回城探亲。不过，都是山村，夜晚的温度又不尽相同，人们普遍认同，气温低的地方，一是深山之上地势高的小村，二是临近河水或山林之处，三是地处“风道”上，能让山风顺畅通过。

特别这第三点，过去在城市建设中往往被忽视。比如承德市地处群山之中河谷之畔，算不上盆地，城外山高林密，市内沟汊相连，就自然形成大小不同的风道。避暑山庄紧临武烈河，河谷之风上接草原下连滦水，是天然的风道。同时，环绕山庄几条与外部相通的道路，既是人车行走之路，亦是山风通行之路。

早先承德少有楼房，从山庄内一眼望去，直取远示的山景，故“借景”也是山庄建筑的一大特点，如棒槌山远在河东，但其间无阻挡，便和山庄一些景致合为一体，妙不可言。二十世纪末楼房兴建，市内因缺少平地，便多建于各沟路口稍宽绰的地方，层层叠叠，拥拥挤挤，不仅观之杂乱，还把天然形成的风道损伤不小。夏季变热还是小事，冬天取暖，大小锅炉万家煤柴，一旦无大风，烟雾就把整个小市罩个严严实实。后来在研究如何治理时，本地一些文化名人就提出城市建筑无序阻碍“风道”这个问题。时市领导多从外地而来，对此不以为然，以致又在紧临山庄之处建了两座高楼。后来，见到有关北京市规划构建多条宽度500米以上的通风道，以引入气流缓解城市环境，便有所悟。再往下旅游业兴起，环境保护上位，站在山庄内朝南望，两座高楼隔断远景，人称“二鬼把门”，便公认是不可逆的败笔，以至于市里再开两会，有领导就事先打招呼：可别再提那两座楼了……

天行有常，风从哪来，雨为何降，都是有其自然规则的。“绿水青山就是金山银山”，这个道理如今不仅被越来越多的人所接受，并因此而受益，并悔恨曾经对大自然的伤害。现在的围场满族蒙古族自治县给游人最深的印象是坝上人工林和草原，殊不知三百年前，整个围场县基本上都是茂密的森林和草地。后因建山庄需要大量木料，以及人口迁入，乱砍滥伐，清廷几次限制也无济于事，以致到了咸丰年内“树木皆无，野兽一空”，沙化严重，水土流失，空有了“围场”之名。现今坝上的林海，皆为1962年以后的人工林，而当年造林之艰辛，令人难以想象，近来有电视剧《最美的青春》，就是以此为素材拍摄的，很值得一看。

最后再说保护“风道”，其实早先也不是完全没有规划的，只是抗不住权力的力道：本来定下了某片地方不建楼房了，老百姓挺高兴，总算有块豁亮空地了，谁知换了头儿，悄悄又施工开建。不建有不建的理由，要建又有要建的道理，表面上是看不过是一次新决策，但明眼人都清楚这背后不会少了某种交易。不出事则已，“风道”断了就断了，好在现今有空调，热不坏人。可一旦出了事，当事人也必然后悔——没想到断了“风道”，把自己大好前程的“溜光大道”，也给毁了，断送了。

“巡幸”与“驻跸”

巡幸与驻跸，都是封建王朝皇上的“专用词”，跟“朕”一样，只能他使，别人使就不行了，有罪。其实，皇上出宫、出京城，用现在的话讲，就是视察、巡视、访查等。可放在他身上，就叫巡幸、驻跸：巡幸，巡到你这，你很有幸啊；驻跸，皇上车马停下驻扎，跸，是沿路派兵戒严。得，他驻下了，别人的脚都不许动了。

古代帝王的出行，于他来说是巡幸、驻跸，于下面官员和老百姓讲则是一场地震、折腾、受罪。官员如侍奉不好，轻则罢官重则掉头；百姓出役受苦，生计受限。表面上万民喜迎圣驾光临，心里说真不如他猫在宫里吃喝玩乐呢。但人家帝王可不那么想，普天之下，莫非王土，想去哪去哪。天天吃饺子也有够，皇宫再好，也是个黄圈圈小圈圈，哪如去华夏九州那个大圈圈转转？当然，那是他的家天下，他也有“事业心”，也想搞得好些，隔一阵得出去看看，别光听大臣上报，弄不好让下面人给糊弄了。

细想，巡幸和驻跸这二词还是有所不同，巡幸，该是侧重在“巡”，驻跸，则侧重"驻"。但无论巡幸和驻跸，有一个共同点，即都是暂时的、临时的、短时的。到一个地方，"幸"一下，"跸"一阵就可以了，不能搞得时间太长，老百姓还得过日子呢。如果非长不可，也还是尽量少扰民众为好。

对此，人家清朝皇上也心知肚明，在北京前往木兰围场的沿路建了30多座行宫。道理很简单——途中到处都有家，吃住都在我自己的家里。其中，避暑山庄是最大的行宫，最大的家。据记载，康熙帝在位61年，到避暑山庄28次。乾隆帝在位60年，到避暑山庄49次。还有嘉庆驻19次、咸丰一次，同治是在这里继的皇位，也该算一次。

清帝中康熙和乾隆是来避暑山庄比较多的，每年差不多要在这儿住小半年，也就是说夏天基本都在这里。原因之一是这儿凉快，少暑热，在这里处理国家大事，头脑可能要清晰，要不也不能来了再来。及至近代，承德仍是与北戴河齐名的避暑胜地，而且比后者气候干爽，不潮湿。不少曾在承德工作过的干部，过几年升迁或平调了去了省会，如夏天有机会，也都愿意故地重游。当然，有公干的另当别论，无公事的，回来待几天也无可厚非。但也有年年夏天总来的，来了吃住费用都由这边管，临走还要拉一后备厢土特产。为此有关部门接待科分工，就有人专门负责接待前任官员。我暗观察，接待人员对所有来者都很热情周到，但对极个别总来的还是难免有点闲话：又来了……

康熙、乾隆没人说闲话，在山庄如同在北京皇宫一样，到了山庄，就是到了家。虽然称巡幸、驻跸，但从目前已有的史料看，他们每每到承德，除了去围场狩猎、木兰秋狝，多数的时间是待在避暑山庄里处理政务，读书养性，颐乐天然。山庄由清廷内务府管理，包括皇上及嫔妃一切用度，都有典章限定，该多少是多少，不是说外出了巡幸、驻跸，所有费用就全由公家买单了。在这一点上，都不如现今一个大老板招待朋友大方：可劲造吧，我买单。

至于王公大臣，虽然随王伴驾到热河，不离皇上左右，但山庄内并没有他们的床位，从承德市内地名看，佟王府、常王府、和珅府、肃顺府等等，说明那时高官都得自建府邸，住在自家。而往下其他人人马，也不能住露天，为何围绕山庄很快就聚起万家新市，就与对住房的需求有关。估计那时这里的房价也不会太低了。

由京城到承德再到围场的沿途行宫，如今许多遗址尚在，但砖瓦早已拆散民间，只有古松碑石，房基垫脚不好搬动，才有幸存留。从文书档案上看，除了避暑山庄，沿途行宫规模都不大，院落两进，房不过十几间，仅能供皇上及嫔妃临时居住。随行的大队人马，如同行军，只能扎营立帐休息了。

当初建行宫，大致是按四十里（1里=500米）一行宫二十里一茶宫设计的。皇上骑马乘轿坐车，从北京到避暑山庄得走七八天。现在开车，俩钟头到了，如想体验一下巡幸、驻跸，就得步行。也有人走过，行宫不在，也没太大意思，这个旅游项目也没搞起来。如此，巡幸与驻跸这词，就作为一种文化形式，留给历史吧，或出现在影视作品和舞台上。至于干部故地重游，公款买单，这几年风气有变，都谨慎了，这对他们自己好，也减轻了当地的负担，更是省去好多迎送吃喝，把更多的时间和精力放在工作上。

山村记忆

虽然小时候就从长辈交谈中知道“民以食为天”这句话，但因为生活在大城市，在家中还是老小，偶遇荒馑，亦能粗食果腹，故无从感受这句话的真实含义。

真正了解粮食对民众尤其是农民的重要，是在塞北大山深处插队时。说来那是风景绮丽的地方，峰峦青青河水潺潺，绘到纸上就是一幅山水画。初到乡下干活歇息，坐在山坡放眼望去，还有些学生气的知青说：“真好看。”生产队长瓮声瓮气吼一声：“好看顶啥用？也不如秫米干饭好！起来，干活啦！”

秫米就是高粱米。在当地社员的心中，能吃上高粱米干饭和水豆腐，就是顶顶高级的享受了。二十世纪的七十年代，前几年我在山村劳作，后虽然走出去，仍和乡亲保持着密切的联系，于是就从心底知道，那十年，特别是在十一届三中全会前，塞北的农民，表面上也读报纸学社论举拳头喊口号，但私下里最关心的，却是今年能分多少口粮。

说来令今人难以相信，这是一个农业学大寨先进县，号称亩产已“过黄河”正奔“长江”，然那时社员每人每年的标准，是毛粮360斤，去了皮，精粮每人每天不足一斤！

在基本没有油水的生活条件下，一斤粮，还不够一个壮劳力一顿吃的。如此，无论忙时还是闲时，都没有条件“吃干”，只能“喝粥”。我所在的那个村，不，是公社，是全县，就是有名的“稀粥县”，有诗为证：“一进某县门，稀粥两大盆。盆里照着碗，碗里照着人。”对此，本县人也不忌讳，说：属实。

下乡之初，暂由粮站供应口粮的知青并不理解。春日起早挑粪，担重路遥，歇息时，知青说咱们唱个歌吧。社员说还是留着点劲干活吧。知青心想：怎么一早起来人就没劲了呢？晚上，我去相邻社员家串门，见他们正吃饭，一个炕桌，围着老少七八口，桌上一盏油灯一碗“盐晶”（咸菜），炕沿一盆稀粥。妇女扤粥，粥面在灯光下映出碗和瓢，老汉端起粥碗，碗里摇动着稀疏的胡须……我的眼泪要流下来，社员安慰我说：“去年受灾，人均不足三百斤，今年兴许就好了。”我跑回去，把做好的转天吃的半盆高粱米饭抱来。

转年，我和社员一样了，也喝起了稀粥。

原因在哪里？年龄虽小，我也看得清楚，首先是人多地少，这是没法改变的现实。但更要命的是“大锅饭”：“工分工分，社员命根”，下地干活就为挣工分，能少干不多干，能干轻松的不干累的；再就是上面管得太严太死，自留菜地种棵烟都不让，院里的瓜秧爬上墙，就被批为资本主义上墙头；集市上只许卖糠，不许见一个粮粒儿……

盼啊盼，“山重水复疑无路，柳暗花明又一村”，党的十一届三中全会，终于让人们看到了希望。1979年初，腊月飘瑞雪。我借下乡之机回插队的山村住了一宿。那个晚上，社员都聚到我的老房东家来唠嗑。大婶把油灯火苗拨得大大的，大伯把自己舍不得抽的旱烟端出来，炕上炕下，屋里屋外，众人都瞪大眼珠，听我这个地委党校的教员讲十一届三中全会公报的内容。当我讲以后要以经济建设为中心了。一老社员问："就是说把打粮食当中心了呗？"我说："没错，民以食为天。"

所有人都喊了起来："那可是天大的好事！这就是大旱天里下甘露呀！"

马上有人说："可现在这个样子，干活磨洋工，撒泡尿三刻钟，咋能多打粮食呢？"

立刻有人说："南边都包产到户了，咱们得学呀，那才有积极性。"

我心头一震：原来，社员心中早就盼着来一次巨变，三中全会，就是引领这次巨变的指路明灯……

那一次，房东家吃的还是粥，只是因为我来做得稠些。房东大婶说："等着，下次再来，给你包饺子！"

我说："一言为定。"

虽心神向往，但后因行政区划有变，特别是山路迢迢交通不便，几次欲去都未能成行。直至2009年初夏，我买了车，立即起了大早，途中一刻也不停，穿过一个个烟尘弥漫道路坑洼的乡镇，绕开一处处炮声隆隆的矿山，将近中午，方才抵近村边。然而，此时却认不出来了：村口已扩至路边，一眼望去，新房旧屋，比肩接踵。苞米悬挂，柴草成垛。黄狗健硕，肥猪拱门，好一派雍容富足的气象！

大榆树下，老井台旁，老乡亲见我，先是迟疑，然后就喊出名字说起老话："那年你用石头砸我家的梨，结果石头却落到你自己头上，还记得不？""记得记得。""当初你还给我们讲三中全会公报，可管大事了……"

老房东女儿霞姐闻讯迎来，她家就在本村。进院，见一棵大杏树枝条低垂，树下满一片银锭般的杏子，让我心疼，放在当年，岂能舍得一个。霞姐大我一岁，一儿二女，儿子和大女儿多年前经知青同学帮忙，去天津做小生意，那一天偕同我的同学及孩子亦从天津返回。艳阳高照，姐夫取出陈年老酒，霞姐煮肉包饺子，满院浓浓香气，赛过当初年节。可惜，老房东叔婶已过世，霞姐安慰我们说："他们也赶上了好年景，住了新房，吃喝不愁。"听罢，令人心安……

又邀来几位当年生产队的老人开怀畅饮，聊天中我得知，这村的富裕之路是"三部曲"：第一部是联产承包后有了种地积极性，五谷丰，仓篓溢，然后喝酒吃肉娶媳妇；第二部是走出去打工、开店，有钱可挣了；第三部最重要，是这里有丰富的铁矿，有人开矿挣了大钱，有人依附矿山也收入不菲。霞姐的二弟，当初的小顽童，如今就是个很神气的小矿主。霞姐的二女儿家则有勾机（挖掘机），出租受益。那天正吃着说着，就听山后有轰轰炮声，震得饭桌颤，霞姐说："哪都好，就是尘土多，天天掸也掸不净。"

众人皱眉："这山都剜得不像样了，往下孩孙们咋在这过？"

我暗想总比吃不饱强，就没往心里去。午后先去后街看老房东的旧房，也是我下乡之初住的地方。三间茅草屋仍在，张着大裂缝的山墙用木头支撑着，记录了一段艰辛的往昔。又去看生产队后来给我改建的知青房，已不复存，变成一片郁郁葱葱的庄稼地。想想那原本是庄稼地，还本来面貌，却也应该。日头斜照，天气燥热，就想起当年夏日游泳的小河。兴冲冲奔去，但让我想不到的是，早年那条绕村而过宛如飘带、山根下是墨绿深潭的小河已无踪迹，河床里尽是矿渣和杂物。抬头望，上游河道里建了一片厂房，烟囱如一支墨笔，随意涂抹着蓝天。而不远处绿色山体间则现出块块白癜，那里正在劈山开矿……

那一夜，睡在宽大的热炕上，我失眠了，我是既兴奋，又担忧。兴奋的是我的第二故乡已经变了，变成了富裕之乡；担忧的是，如此下去，再美的山水画，也会褪色，而且很快……

岁月不居，转眼又过十年，去岁夏日，正是农闲时，想想给霞姐一个惊喜吧，开车就上高速。这条高速路是新建的，多有桥涵，车行半空，恍入云间，全无盘绕山中弯道之累。也不过一个多钟头，就轻松下了县境出口。再看见熟悉的老路已经加宽，两旁的青山如玉无瑕。不再有震耳的开山炮声，也不见浓烟滚滚的烟囱。但我并不惊讶，从新闻报道中，我知道这里已下大力气治理了环境，果然见效：天更蓝，水更清，山更绿！

拐过山弯，我插队的山村应该就在眼前，但此时我又不敢认了，十年前那个杂乱臃肿的村子不见了，眼前是一片极具塞北乡村风貌的旅游观光区。一架架葡萄，一排排大棚，成片的果园，还有在风中摇摆的高粱、谷子……

白墙红顶，村内依然是村民居住的地方，但院落房屋都改造了。街上少见老者，有年轻人几番看我又不敢开口。来到霞姐家外，不料铁将军把门。正要找邻居寻问，霞姐的二弟在匆匆奔来：“有人说来了面熟的老人，我一猜就是您。”我问：“你姐呢？”二弟说：“现在我姐和姐夫多半时间在天津，那边生意做大了，需要人手。”我问：“你还开矿不？”他说：“早关了，我现在搞全镇的旅游和集约生产，回头我带你好好看看，先回家吧。”

我说时间还早，让我一个人转转。二弟说也好，回头就去后街老房子。我答应着，就急往河边走。我还没有解开心结——倘若还是沙石满目，我吃了饭就走。但眼前的情景让我想住下来——杨柳依依，微风习习，清清的河水在山根下绕了一番，就欢唱着小曲一路奔来……

不必去问究竟，结果说明一切。转了好一阵，我去后街，老屋没了踪迹，取代的是一座三层别墅。二弟夫妇在门迎我，见面先递过手机，是霞姐，她说："你在家住下，明天一早我和你姐夫就回去，天津这太热，人也太多。"

我答应，我也不想走。那天晚上，我又睡不着，我想起当年大婶和霞姐教我做饭，想起和大伯一起去打柴，想起讲三中全会公报的那个夜晚……又想起霞姐他们如今生活在大城市，从乡下人变成了城里人，而城里人又愿意到乡下来……这巨大的变化，在先前不要说想，就是做梦也做不出来……

然后，我就安然入睡。一觉醒来，旭日初升，雄鸡高唱。

稻田环抱着村庄

前些时参加一老年团去朝鲜旅游。车过丹东，想起电影《鲜花盛开的村庄》，急切向外望：连绵不断的稻田，红旗飘飘，老牛拉犁，类似我们当年生产队社员们在插秧，三十年前景象重现。

稍远的山坡上，稻田环抱着村庄，干净整洁，没有柴草、猪、狗、鸡、鸭，偶有几只白羊啃草。沿途没有工厂、商店、集市，江山如此宁静，无数绿油油的稻田连稻田，形容为锦绣江山，很是贴切。只是总不见炊烟升起，有人解释说人家爱吃凉食，然也。

这里江水滔滔，空气清新无污染，平壤街上不堵车，所有楼房都不封阳台，整齐划一。男士穿制服、皮鞋，女士多穿白上衣一步裙，很美，学生穿校服，都在“叭叭叭”疾走。身材皆好，男子有腰，女子腿秀，三宿四天，没见一个胖子，再看我等腆肚突胸花红柳绿，好生惭愧。几顿饭吃下来发现奥秘，少油，多凉，但不是凉菜多，是热菜上来也不怎么热，于是吃下去产生的热量必然少，这里应是日后国人过来减肥的佳地。

中朝友谊深厚！朝鲜人很热情，沿途的孩子朝我们招手，成年人遇见微笑点头。我们也想热情，但很难与之接近：一是有纪律，不允许；二是凡我们所到景点，周边就不见了当地人；三是宾馆远离市区，所住全是中国游人，那晚有几个人想出去转转，四下漆黑一片，只好回房间看电视。一个朝鲜台，其余中央四套、辽宁台、东方台、东北话、南方话，跟在国内一样。现在朝鲜时间比北京时间早一小时，早上八点出发，六点半争着下楼吃饭：宾馆三十层，三部电梯，或许有些慢，直让我们挤成半瘫，年轻的性急，从二十层走下去，等电梯的还没下来。

购物方便，用人民币，去指定商店，类似当年的友谊商店。那日，众人狂买化妆品、香烟等，愣把店里的人参皂买光了。美丽的女售货员在咱这能当主持人，可惜了，只能手忙脚乱地用半生不熟的汉语应对这些大爷大妈。

从女导游那得知，朝鲜民众的生活以统一供给为主——发票儿，米票、菜票、肉票、鱼票等。如导游一个月有三十斤大米，不用钱，用票直接领，领回后都由奶奶安排，一个星期能吃两次肉，然后她自豪地说住房、上学、医疗也都是分配和免费的。问她工资多少，她说有工资，但她们连服装都是发的，钱对她们意义不大。我说“如果你需要一条项链呢”，她笑而不答。

这里没有塑料袋，无论上班还是下班，从未见手里拎菜拎食品的，更没有边走边吃的。但人人手里都有个包，男的公文包，女的小挎包，包里装什么不得而知。那日晚上在一饭店就餐，我见门厅内一辆带格的餐车，有十来种菜肴，我往当地人就餐的地方走，立即就被礼貌地拦回。坐在指定的地方，望着一桌华美凉爽的佳肴，个个要热茶喝。后来自费买特色冷面，许久端来，汤鲜凉，面坚韧，没办法用手拽，把假牙都拽下来。有人问这是什么面，我说荞面，遭到一致反对，说是蕨根粉。想想，人家说的对，荞面哪有这么大的韧性，跟猴皮筋有一比。

来时觉得这块土地是个谜，转几天回来还是个谜。但有一个谜解开了：过海关时在火车上待两小时，有人上车让填表，收护照，检查行李，再等着发护照，回来仍是，太费时。待到丹东海关，人流滚滚转眼即过，谜底出来：那边没有过关的大厅和扫描机。但众人不着急，坐车里比过俄罗斯海关排大队舒服。还有乐趣：检查人员上车喊“土道！土道！”，皆不解，什么语？比画好一阵，清楚了，是“护照”，这是跟谁学的？

去朝鲜手机无须办漫游，那边没信号。手机只能当相机使，而且让你拍时才能拍。参观安检最严的一个地方，除了钱别的什么都不能带。把手机和包交上，要牌儿，没有，就堆一地。好多人不忍，手机里还有银行卡呢！但没法。微笑的女兵摸口袋：“是什么？”“钱。”又摸：“是什么？”“人民币。”掏出张开双臂，手上如举红花。出来好一通找包，拿错了又换，手机都在。

非常敬业的女导游会唱很多中文歌曲，招人喜爱。她一直送到新义州，车将过桥（境），见她在站台挥手，有的大妈就流泪，好像自己的女儿留在了吃不着粉条子炖肉的地方；又想起那日在雨中竞相购买鲜花祭奠志愿军英灵，便认定那是此行中非常有意义的时刻。车过鸭绿江，回首再望，三千里（朝里）江山，已在淡淡云雾中。中朝友谊，万古长青！

遥远的“按语”

在塞北茫茫大山里，有一个叫朝梁子的村庄。村子不大，名气却很大，原因在哪里？请看那段历史。

1955年，毛泽东同志为若干关于农村合作化调查报告作批语，后编入毛选为《中国农村的社会主义高潮》一文。由于该文最早是批改在报告上，于是又被称为 “按语”或“批语”。其中有一篇“所谓落后乡村并非一切都落后”，世人皆知。虽然只有600多字，但和其他的按语一起，这些文字曾在中国农业合作化过程中，产生过极其重大的影响。而报告中所说的农民自发组织起来，“并非一切都落后”的村子，就是当今承德市下属的承德县朝梁子村。

再说起这个话题，是缘于数年前夏天某晚，我看了本地关于“朝梁子按语碑公园落成”的电视新闻，转天一早，就驱车前往。在路上我回想一下，算上此行，我是第三次来这里。说来很有意思，因为当初地、市分设，而我是“地区”干部，于是市辖的承德县虽近在咫尺，却在很多年里无缘一来。屡屡听人讲朝梁子的山上建有“按语碑”，就盼望有朝一日去看看。

二十世纪九十年代地、市合并，就有了机会。记得是一个深秋日来酒厂，晚饭后将返市里，我说机会难得，去看按语碑吧。于是就前往，左拐右拐，车子停在一座小山下。同事说：“十多年前来过，应该就在这山上。”大家往上走，天色却暗下来，难辨路径，更不见按语碑。说去找手电，忽然又想，灯光晃动，山下人见了会有什么反应？别再闹出误会，还是有机会再来吧。车往回开，月亮升起来，照得山间明明暗暗，大家聊起当年朝梁子红火时，全国各地前来参观的队伍像赶大集。于是就乐，说我们几人黑灯瞎火地来看按语，自有这碑以来，可称独一无二了。

说归说笑归笑，已到庐山，却不见真面目，反倒成了新的遗憾。好在机会又在眼前。我当全国人大代表期间，常参加视察活动，到了2000年后的一个夏日，就来到朝梁子村。村委会的墙上，最醒目的是“按语”全文，以及展示在“按语”指引下的“朝梁子精神”的文字和图片。那日我们又来到先前傍晚来到的山下，此刻骄阳当头，芳草萋萋，草间的小路铺了碎砖石，看得出已再次修葺。一行人默默地朝上走，很快就见到：有青松矗立，成环抱状，中间砖栏围一方基，基上各有六面向两边展开的红旗状碑墙，上方正中是圆形毛泽东侧面像，旗面上有五个金色大字“毛主席按语”和小字按语全文……

那一刻寂静一片，天蓝如洗，除了松树环抱的地方露着沙土，四下庄稼树木叶稳蝉鸣。当我们一步步走向这按语碑，并站在这些文字的面前，众人都默不作声，我惊叹，岁月悠悠，几十年了，这些“按语”就是这样伴随着时代的变迁，或风光无限或寂寞寥落地走了过来。我想，这是一段重大历史往事的记录，我们今人还有后人是应该有所了解的。

应该了解并由此得到启发的又该是些什么呢？随着那次一睹庐山真面

目，我就给自己设了这个问题，但总是难以捋得清晰。而这一次参观新建成的按语碑公园，我想该是一个很好的机会。

新落成的“朝梁子毛主席按语碑公园”紧临大道，新公园（一期）占地四十余亩（1亩=0.0667公顷），依山造势气概非凡。绿草铺地，鲜花簇簇。83级花岗岩台阶，别致的长廊，圆形平台上，立着六块图文并茂的展牌。青松环抱的按语碑，前面是宽敞的木板、石砖观景台，后面山坡上，是一道长40多米高3米的毛主席手书按语铜制浮雕，大气磅礴。浮雕后，大片的青山翠岭无边无际……

面对这座壮美的公园，面对遥远的按语，我的思绪渐渐清晰起来。首先让我向自己发问的也是外人常问的：从称谓上，为什么会有承德市、承德县这样同名的市县？这种重复的地名，在九州大地上不少见，如河北就有邯郸县（现已撤销）、邢台县（现已撤销）。对此国人早已习惯，尽管也未见得知道缘由。但来中国的外国人，就很困惑了，因此常分辨不清闹误会。

原来，秦朝实行郡县制，郡辖县，就如当今的省与县，并没有当中的地、市（州）这一级。郡有郡界，郡内有县界，于是，某些县就必然成为郡府的所在地。承德府自1913年置承德县，据《承德县志》记载，当年承德县公署驻承德街，治下“以避暑山庄丽正门为中心点，东至石梁子54公里与平泉接壤；西至广仁岭6公里与滦平县分界，南至小石梯子112.5公里与遵化县相邻；北至高寺台窑沟27公里与隆化县毗邻……”，境周长621.5公里。

这样的地理位置，显然包含了日后承德市（1948年建市）的大部。只是后来的承德市一问世就身为中心城市，承德县虽设立在先，但郡县制到这时早已发生了变化，作为县一级就不得不为新兴的城市让位。于是，承德县治所就得另选他处，几经迁移，最终选择了滦河水边下板城。简言之，从建制和称谓上，是先有了承德县，后有承德市。只是称谓久远不便变化，又不得不重复，于是才有了同名的市县。

岁月不居，往事却并非云烟。一个称谓，一段往事，一些人物，凝聚起来就是历史，就是潜移默化的传承根由所在。在这样的地方，在历史的重要关头，由一些有胆识的人做出一些具有开创性的事，也就成为一种必然———1953年秋天，在一个各项工作还很薄弱的朝梁子村，有17名农民自愿建立起农业合作社，到了1955年春天，又成立了三个大的合作社，有100多户农民入社。同年秋，按习惯的说法，“原热河省委秘书长王克东”带工作组来总结办社情况，写出了调查报告《应当怎样认识薄弱村的合作化运动》，刊登在1955年10月15日的热河省委机关报《群众日报》上。

就在这一年的9月到12月，毛泽东主席先后为100多篇这类的文章写了按语，后收入《中国农村的社会主义高潮》一文中。略有遗憾的是，这篇按语并没有提及朝梁子村，而前面如《书记动手全党办社》《勤俭办社》《五亿农民的方向》等，则直接写到遵化县（现为遵化市），写到王国藩合作社。由此，也就使当时的许多人虽读到了“按语”，却不知报告中所指的是朝梁子村，直到十年以后，《群众日报》社派人来了解“按语”发表十年的情况，这里才了解了事情的原委，随即建起了“按语碑”以为纪念。

几经翻寻，很有幸，在承德日报社报库里，在一捆捆落满尘土的旧报中，我找到1955年的10月15日的《群众日报》。报纸已经残破发黄，但字迹还看得清。令我有些奇怪的是，这篇调查报告并非想象中发表在显要的头版，而是在第三版，署名也不是哪一级党委，而是一个人名：于恩波。于恩泽是笔名还是确有其人，我不清楚。调查报告的题目是《应当怎样认识薄弱村的合作化运动》。下列四个小题，分别是：一、工作薄弱的根子在哪里；二、群众入社的积极性是高涨的；三、尚须努力；四、沿着规划行动起来了。这一版上配有短评《加强薄弱村合作化运动的领导》。看得出，报纸是以很重要稿件给予推出的。

仔细看罢再前后联想，就发现这其中大有玄机：一是这篇文章发表时间为1955年10月15日，此时热河省已经撤销了。撤销的时间是1955年7月30日。这时的王克东应该是承德地区的主要负责人。因此，如果调查组确为王克东率领，那么我们现在常说“原热河省委秘书长带调查组”，还勉强说得过去，但已不很准确。真正的调查组织者应该是承德地委，而文章中的“我们”和“我”的交换使用，又显现出一种含混，似乎不愿明确报告的真正作者。

二是1955年7月31日，毛泽东在中央召开的省、市、自治区党委书记会议上，作了《关于农业合作化问题》的报告。同年10月，七届六中全会（扩大）又通过了《关于农业合作化问题的决议》。一个报告，一个决议，主调就是“在全国农村中，新的社会主义群众运动的高潮就要到来，农业合作化运动的高潮已经到来”。同时，对于认识上不同意见和行动上的“不给力”，也给予了严肃的批评。

三是发表在《群众日报》上的这篇文章，从时间上讲，面对当时的大局，已经有些晚了，两个重要会议已经开过。作为河北省的一个新成员，承德地区的各项工作应该是“薄弱”的。但薄弱也得表态，于是我们看到原文的开头语：“前几天，我们曾到承德县朝梁子村作了一次调查。这村的合作化运动发展的比较落后，各项工作都比较薄弱。以前我总认为像这样的村得先经过一段的改造以后才能发展合作社。经过这次调查，深深感到先前的想法不对头。”从这些文字看，这篇文章倒有些由检讨而引发反思的味道。

综上所述，我的理解应该是，在开展合作化运动上，原热河省及成立不久的承德地区，在当时的形势大局中，该是“薄弱”的。还好，薄弱的地方也有不薄弱的乡村，例子就是朝梁子村！

应该感谢朝梁子村，正因为这村子的一些人证明了这里并非“一切都落后”，于是大家就都跟着得到一时解脱。毛泽东在这个报告上作批语的时间，已是12月24日了。这时“右倾”风潮已“统统都打破了”，各地雪片般飞来的调查报告，又为《决议》提供了很多实例。在62岁生日即将到来的前两天，经过一年的努力，此时的毛泽东对这样的结果应该比较满意的，于是他在这篇调查报告上的按语，就带有明显的年终总结色彩：

“在中国，对于许多人来说，一九五五年，可以说是破除迷信的一年。一九五五年的上半年，许多人对于一事还是那么样坚持自己的信念。一到下半年，他们就坚持不下去了，只好相信新事物。例如：他们认为群众中提出的“三年合作化”不过是幻想；合作化北方可以快一些，南方无法快。落后乡不能办合作社；山区不能办合作社；少数民族地区和民族杂居地区不能办合作社；灾区不能办合作社；建社容易巩固难，农民太穷，资金无法筹集，农民没有文化，找不到会计；合作社办得越多，出乱子就会越多；合作社发展的速度，超过了群众的觉悟水平和干部的经验水平；因为党的粮食统购统销政策和合作化政策，使得农民的生产积极性降低了；在合作化问题上，共产党如果不赶快下马，就有破坏工农联盟的危险；合作化将出现大批的剩余劳动力，找不到出路。如此等等，还可以举出许多。总之都是迷信。这些迷信，经过一九五五年十月中国共产党第七届第六次中央全体会议（扩大）的批判以后，统统都打破了。现在全国农村中已经出现了社会主义改造的高潮，群众欢欣鼓舞。这件事给了一切共产党人一个深刻的教训：群众中蕴藏了这样大的社会主义的积极性，为什么在许多领导机关，在几个月以前，居然没有感觉到，或者感觉的那样少呢？领导者们所想的同广大群众所想的，为什么那样不一致呢？以此为教训那么，今后对于有相似情况的事件和问题，应当怎样处理才好呢？回答只有一句话，就是不要脱离群众，要善于从本质上发现群众的积极性。”

如此，是不是当我们再读这篇按语，就比较好理解文中所指的一些往事了。对这段历史的评价已有定论，无须我来写什么。但毕竟那是发生在我们身边的重大事件。我们很看重避暑山庄，因为她记录了三百年间往事；我们也重视董存瑞烈士陵园，从这里可看到中国人民的解放斗争史。同样，我们也该了解朝梁子“按语”，她讲述了新中国的农村农民是如何一步步向今天走来。也正因为一路走来充满了艰辛坎坷，于是日后才有反思，才有了深得农民心愿的农业和农村改革，才有社会主义新农村的美好今天。

只是，先前没有“按语碑”公园时，我们很难寻找到走进那段历史的山间小路，很难推开那道内涵厚重的历史之门。现在好了，承德县在将经济、文化引向跨越式发展的同时，又精心谋划重建全新的“按语碑”公园，让更多的人了解了承德县的昨天、今天是什么样子，还有明天该成为什么样子。

如今，按语碑前人流如潮，人们或仰目观看回望历史，或歌声阵阵舞姿翩翩。遥远的往事与时代的节拍交融在一起，令人感到既厚重而又轻松，既遥远而又当下，一下子，都心旷神怡了。

过玻璃桥

我有些恐高，小时候看伙伴在墙头上疾行，佩服至极，我只能小心翼翼走一小段，就赶紧出溜下去。可我又不完全怕高，路边只要有一溜矮草，哪怕草那边就是深谷，我开车也不怵。但如果光溜溜，路挺宽，也紧张。这叫什么恐高，我也弄不清。

现在好多景区都建玻璃桥、玻璃栈道、玻璃观光台。我一个朋友，壮汉，但在一个不高的玻璃桥上，却出了洋相，硬是脸色苍白地爬过去。多年前去中国作协杭州创作之家，在灵隐寺附近，外出必经一条小河，若走能过车的桥要绕很远，而走没有护栏、桥面宽一米的简易小桥则近很多。小桥长20来米，中间距水面七八米，老伴如走平道，我则畏之如虎，无奈只能扶着老伴的肩头过。那些天，就因为这桥，老伴很牛，我很怂。

前些天去承德兴隆县境内新开发的景点兴隆山，这一片风光极其漂亮，兼有张家界那样的高山深谷，以及蜀道百丈石壁上栈道盘旋。除了索道和玻璃电梯，最令人惊心动魄的，当属两山深谷之间横跨的那座长226米、海拔高度650米的全玻璃结构桥梁，俗称玻璃桥。从承德到天津现在多走承唐高速，这景区就在高速路白马川𣲆，坐车能很清楚地看到景区全貌，包括玻璃桥亮闪闪发光地悬在云天之间。我曾路过数次，心想这个桥我是不敢走的，太吓人了。

这次上山，临近玻璃桥已过晌午，山上的餐厅偏偏又在桥那边，就逼迫得所有人都得过桥。山风很大，桥看上去并不厚重。管理人员说这桥能禁250吨，安全绝对没问题。如果害怕，你就往前瞅，别看脚下。我想求助老伴，当着众人也不好意思，只能靠自己勇敢地前行了。走上去，方觉出桥很稳，便心安。按人家说的朝前望，玻璃大道熠熠生辉，有如通往幸福（有饭菜吸引）的彼岸。再看左右，白云齐肩青山壮丽，好一派塞北风光。走到桥当中时，忽然冒出个念头，既然感觉良好，不妨看看脚下。于是便停，往脚下看。不看则已，一看，深谷幽底，人将坠下，顿时身上就有了应急反应，两腿要挪不动……赶紧抬头再朝前望，好一阵缓过来，才追着众人过了桥。

还好，下山就不走这桥了。事后，我就想起我们小时候有一种收藏，叫玻璃纸，即包水果糖的透明带有图案的纸。糖吃了，把玻璃纸夹在书里。一般是女生爱这种收藏，上课一打开书，既是书签，又有淡淡的甜味。玻璃纸还可以交换，下课了就开始交易。有手巧的，还用玻璃纸叠什么，记得有叠小桥（型）的，还被嘲笑，说玻璃桥谁敢走呀！谁能想到如今真就有了玻璃桥。

又想，小到个人人生之旅，有很多时候就如同走玻璃桥，不要往下瞅，只要勇敢地往前走，多半就闯过去。而如果尚未闯，就往下瞅，一看那是万丈深渊呀，就过不去了。大到国家发展之路，更需勇气。四十年来，我们国家就是靠闯，才闯出一条有中国特色的社会主义道路。如果未等往前闯就先看桥下，这也危险那也可怕，那就没有民富国强的今天。我有一位朋友，现在日子过得不错，住别墅，开新车，下馆子，喝老酒，偏偏又爱翻老账，说："当初如果多加小心怎么怎么着，不就不会出现现在的一些问题吗？"旁人说："那可以，但你不能住别墅开新车喝老酒了，道理很简单，你以为城市那些高楼大厦和街道是必然立起来的？热河老城三百年无战事，不改革，再过一百年，还是那些老屋残巷，大杂院臭公厕，你照样还得受着。"老友点头说："是，就冲那厕所，我也得赞成改革开放往前闯。"

还有位老朋友，比较早分配了一套五十多平方米的三居室。二十年前单位盖新楼，给他一套一百多平方米的新房，需交旧房和三万元。他想了很多，犹如站在玻璃桥往下看：三万元，虽然是分期交，但钱不少，而且旧房也没了；再者旧房在市中心，新楼稍远一些，楼又高，还没电梯。还有就是他那时六十多了，想想这么大岁数了，还折腾什么。思来想去，他就没要。可旁人有的没房，有的想住新楼，管他"桥下"如何，先搬过去再说。转眼十年过去，老友的这个小区都变成饭馆旅店，乱得不行。而新楼小区环境优雅，周边服务设施齐全。还有一点，那三万元全退还了个人。再过十年，老友的旧小区已被高楼围困，多数变成了出租房。而新楼小区变成试点，搞楼体保暖，并建楼外电梯。老友如今八十多了，很长时间里不愿意生人去他家。后来他女儿有新楼，二十多层，让他们老两口住。他嘴里说不习惯，但后来也去了，说还是新楼舒适，来客人也有处坐……

玻璃桥，走一遭，没想到还有这些感受。

“劳动节”的收获

“五一国际劳动节”意义重大。小时候不了解，就是喜欢。因为“五一”放假，春暖花开，是游园的好时节。后来落户塞外热河城，知道了“五一”的来历，但却无暇游玩，“五一”变成我干家务的“劳动节”。现在想起来，却也是难得的经历，值得回味。

也不光我，二十世纪七十年代末到八十年代中期，几乎所有成家的特别是中青年人，都十分看重“五一”。“五一”是法定假日，如果和星期天连上，就是两天假，非常宝贵。多数人都会提前做计划，把这两天要做的家务活列出来。当然，大城市人做卫生洗衣服后，可能要去公园或逛街。但在热河古城里则不然，这里要干的活太多，大到盖房子、搭小棚，中到做木工、打家具，小到砸煤、劈柴、收拾菜池子……

热河城自清康熙年间随着避暑山庄肇建而形成，三百年老街残巷风声鹤唳，直至改革开放了，人们才有了踏实过日子的心情。再看现实，与需求差距不小，但没关系，干就是了——孩子大了住不开，院里有地方，想法接一间，“五一”正是请人立柱上梁的好日子；搭个煤柴小棚，夫妻二人干两天也能完成；打大立柜高低橱，两天把框架弄好，余下的再留着一早一晚干；砸煤劈柴平时也常干，但这两天能多砸些劈些留着慢慢用，省着夏天下雨了生火费劲。

所有这些活，我先前不光没干过，连见都很少见。但成家了，在家属院也有两间房一小院，户口簿上排头页，就得硬着头皮干了。爱人是本市人，对过日子内行，她指挥，我干。大活我搭过小棚放柴煤，中活我做过锅盖，小活就不用说，都干过。两天下来，干得兴奋，自夸道：这个劳动节，我又有新成果。

可惜，我的成果很快就露馅了：小棚漏雨，浇两场塌了；想做个大锅盖，咋也锯不圆，最终只能盖马勺；生炉子不爱着，做饭糊锅。不用爱人说，我自己都惭愧得不好意思见人，家属院的男人一个比一个手巧，一个比一个能干，唯我差劲。

但我不气馁。想想都改革开放了，国家求富强，人民求幸福，个人特长可以充分发挥，我得扬长避短。干家务活我不在行，可我能写小说，我能挣稿费，一样可以让日子红火起来。我跟爱人讲：“写作也是劳动，而且是高层次的劳动。”爱人说：“那你就高一把，就怕你从高处掉下来。”我说：“放心吧掉不下来，我有信心！”

住破平房，冬天写作冻手，夏天蚊虫咬，秋天诸如买白菜买煤的活不能不干。唯有“五一”好，不冷不热，院里有一小块闲地，不种菜长些绿草也是风景。又逢“五一”，我兴奋，劝爱人带孩子快回娘家，我两天不出屋，饿了随便吃点什么，短篇能写一篇，中篇能写二万字。转天晚上爱人孩子回来，看看炉子：“你两天没生火？”我乐了：“写得上瘾，哪顾得上呀！”

“五一”的劳动，注定是有收获的。记得我第一个中篇，就是在1980年“五一节”那两天收的尾。发表后，让我自己都惊讶，稿费相当于我十个月的工资。于是，我的写作被家人认可。而家务活，凡多技术含量较高的，也就与我无关了。但挥斧头劈柴，这活我干，只当调剂大脑，放松放松。而随后社会发展物质丰富，也很快弥补了我的短处。家务活越来越少，邻居男人开始打牌、打扑克耗费时间，而我则变成文学田地的勤劳者而受到称赞。

岁月如梭，“五一劳动节”如今变成了“五一黄金周”，这是我们这一代人先前不敢想的。十年前我买了车，半个月后就是“五一”，我立即和全家人开车出游。看着漫山的粉红的桃花，如痴如醉，仿佛又回到少年游园时。忽然又醒过来：虽然皆春景，但今春景非昔春景可比……回到家中，打开电脑，开始“劳动”，很快就有文字如潺潺的小溪，欢唱着流淌出来。

感谢“五一劳动节”，你让我在“劳动”中获得人生的快乐！

忆苦饭

记得大约是在1964年以后，对中小学生的思想教育，就有了新内容新变化，其中最有特色的，是从“言教”步入“吃教”——吃忆苦饭。

当时理解，最苦莫过于“吃糠咽菜”。可城市粮店不卖糠，总不能光吃菜。多亏我班同学他爸的朋友在郊区农场，那里喂猪，有糠。几个人蹬半天自行车，累够呛，才弄回一些。也不知是麦糠（麸）还是谷糠，拿学校食堂去，大师傅说没空，再者，好不容易才熬过低指标瓜菜代，现在一见这东西就胃疼。没办法，只好找距学校最近的一个同学家，请他奶奶做。他奶奶耳背，说忆苦思甜，她就记住“甜”，掺了不少玉米面，还放糖精，倍甜，吃时大家抢起来。

效果不佳。后来大家讨论还有什么不用蒸的忆苦饭，有人听过刘宝瑞的相声，说吃“珍珠翡翠白玉汤”，都赞成。就在教室里弄一个桶，按相声说的，把食堂扔的剩饭剩菜和烂菜帮子都放里面发酵，关窗关门。天热，发了两天，教室就待不了人了。老师来上课见大伙都在外边，问怎么回事。说里面全是旧社会的味儿，受不了。老师说就是要感受一下嘛，带头闯进，不一会流着眼泪出来说："旧社会真是人间地狱呀，赶紧连根铲除吧。"立即开窗开门做卫生，然后上课，倍加珍惜新鲜空气，只顾吸，没人说话犯纪律，遂被评为忆苦思甜优秀班集体。

离开学校下乡去山里，那也吃忆苦饭。社员说天天在家喝稀粥，跟天天忆苦也差不多。生产队长说那就喝点糨粥忆吧，都同意。在饲养室熬一大锅高粱米粥，男劳力先吃，限时，高手是这样：热粥碗在手里转，当地话叫一旋，用筷子沿碗边一搂，呼的一口，小半碗进肚。差不多了，说男的就忆到这，该让妇女忆了。大队干部路过，问你们队忆得咋样，说你自己忆一下不就知道了。大队干部喝一碗，说要是有点盐晶（咸）就更好忆了，妇女喊孩子，快去家里捞块咸菜来。大队干部说："那我就再忆一碗吧。"

公社觉出这里有问题，主任带队，年三十晚上让社员排队吃忆苦饭。那可是真用破壳的高粱米煮的，到嘴里一嚼全是壳，往下咽拉嗓子。大队部门前有空场，小戏台上汽灯雪亮，社员一人端一碗，瞅着公社主任。主任也端一碗，未喝前挥手："唱。"宣传队一男一女，男的用棉花粘胡子眉毛扮爷爷，女孩蒙头巾脸蛋抹锅灰，唱："天上布满星，月牙亮晶晶，生产队里开大会，诉苦把冤申……"

大队干部喊："下雪。"我在戏台房顶干这活，一扫帚下去，白灰尘土如雪纷纷飞下，公社主任连人带碗一点也没糟践，全笼罩其中。唱完了，主任满脸如霜说："我很感动，来，给我换一大碗盛来！"社员说："您就喝这碗吧。"主任抬头喊我："你下来，这碗，你喝！"

全县召开知青"讲用会"，几百人，早上吃忆苦饭，杂交高粱稀粥。那种高粱长在地里半人多高，齐刷刷那叫一个好看，打场时驴都不吃，麻嘴。会议要求，每人两碗，硬灌一般。完事去礼堂开会，赶上下雨，阴凉，一会儿都捂肚子，跑厕所。座椅是那种三合板的，人一起来，自动立起，有响动。叭，叭叭，叭叭叭叭……

主持人说：“这是谁打竹板呀！不许去厕所，忍着。”那哪忍得住，继续竹板声声如数来宝。各公社有带队的，有一位是武装部长，屁股后面吊着三号驳壳，没枪套。他也忍不住了，去上厕所拉肚子。带枪如厕，有讲究——先卸枪，解裤带，人蹲下，枪入怀，腾出手；起身时，则要先抓枪，再站起来。那天他大意了，完事没抓枪就站起来，那枪出溜下去，咚一下掉坑里，坑里深潭一般，没影，找个破笊篱绑棍上，捞了半天才捞出来。后来听那部长说，那枪不能使了，净打臭子。

到了二十世纪七十年代初期，运动还没结束，忆苦饭先结束了。原因主要是，操作既不方便，也无法规范，弄不好还闹出笑话来。那天，我们几个老友在桌上说起吃忆苦饭，结果讲了一顿饭都没讲完。后来总结说，别看那时有些事干得有些二，但咱们那时是真诚的。事情往往就是这样，干二事时都没觉得二，得过些年后，才能觉出来。

四十年前的三件事

今年（2018年）是改革开放四十周年，不由地就想起1978年发生在我身上的三件事。三件事既是喜事，又是愁事、麻烦事、可怕的事。

第一件事是我有了对象要登记结婚，这是喜事，可单位不给开介绍信，变成愁事。

说来惭愧，自1976年有了工作就开始找对象，找了一年我也没找上。要说人家一开始也不是不同意，我身高1.78米，宽膀细腰，相貌嘛，同事母亲指着黑白电影里的赵忠祥，说这不是小何教员吗！工农兵大学生，党校教员，条件不错。可往下一谈：不是党员，家庭出身有点高，还不是本地人，立马打退“谈”鼓。这回好不容易有了对象，我很着急。1978年1月，我去开信，领导说为什么不提前向组织汇报，等外调以后再说吧。

可急死我了，对象家曾有房产，一外调肯定不行。情急之下，就顾不上许多，我说我不是党员，怎么向组织汇报。领导说那你以后就不入党不当教员了？我说如果不合适当教员，就不当了。可能是文革到了后期，我也敢说话了，过几天把信给开了。这要是早几年，这婚事肯定得给弄散。

那年月，因组织不同意，不知有多少恋人被迫分手。

第二件是那年夏天，我入党了，这是喜事，但不经意间说了句露兜子话，惹了麻烦。

当时，党校教员就我一个人不是党员。我积极表现，加上政治形势开始宽松，到了八月，竟批准了。我很激动，发了工资，第一件事就是去交党费。在一个大屋，很多人交，我没交过，又兴奋又紧张。兴奋的是过去人家一交党费，我就得知趣躲开，现在终于不躲了。紧张的是，不知道交多少钱。轮到我，组织委员说："你交一毛。"我从工资袋里往出掏，嘴里磨叨："哦，一毛。"偏偏此时有谁问："你第一次交党费，不说点什么？"一下子把我弄紧张了，来不及想顺口说："一毛，比团费贵啊。"

这下坏了，全屋顿时鸦雀无声，都瞅我。我说："我可不是嫌贵，团费五分，我说的是实话……"

党小组长立刻单独找我谈话，上纲上线，让我从灵魂深处挖根源。我挖不出来，说："要不这么着，我把这一个月工资都交了。"真去交，没找着人。中午回家，媳妇怀孕饭量很大，说馋肉："发工资了咱炖一锅。"我说："正要跟你商量，我想把这月工资都交了。"媳妇差点把饭碗扣我脸上，说："那我就把你炖了吃……"

这事过些天消停了，我以为没事了。转年八月该转正，没转。到了年底，还不转。还是校领导发话，说三中全会都开了，怎么还为一句话揪着不放。这才转了。这事也不怨人家，祸从口出，运动中为此丧命的都有，我算是幸运的了。

第三件是1978年底，天上掉馅饼，我忽然得了半只狗肉，这是好事，却差点被误捕，太可怕了。

此时十一届三中全会召开了，不再以阶级斗争为纲，我又做了父亲，欢欣鼓舞，准备过年。然物资匮乏，家中缺米少肉，我教哲学，正讲精神变物质，但天天发愁如何才能变出真东西。一早出门，隔两户的邻居是学校木匠，都叫他小木匠，他说："何老师你来看，不知从哪跑来只大黄狗，钻小棚里不出来。"我过去摸一把，好肥，说："别动，去上班，精神些，晚上咱变物质。"天黑了我俩就把那狗勒了剥皮，一人一半肉，狗肝给我。我在农村插队时勒过狗，都是花钱买，狗皮尽量撑大，供销社收购。这次，我先还用两根白茬木杆撑皮，后来一琢磨不行，还是扔了吧。摸黑我俩跳墙出去，连皮带木杆扔马路对面的小树林里。转天早上，听墙外挺热闹，踩着登着探头看，雾气蒙蒙，有警察在小树林那边干啥。就听墙根下有人说："一个穿黄貂皮大衣的女的被杀了，两条腿又白又直……"过一阵，就见警犬从小树林直奔我这儿来，可把我吓坏了，想下来跑，两条腿挪都挪不动。后来多亏警察把狗叫住，说："你们什么眼神，那不是一张狗皮裹着两根木头嘛！"

小木匠找到我，问怎么办。我说赶紧煮熟吃，不留后患。吃了一顿，见院里有只死猫，再看小棚里的狗肝少了一半。天哪！那狗是被药了的！赶紧去看小木匠，正咣咣打立柜呢。我问："吃得咋样？"他说："香，怎么了？"我说："香就好，香就好！"

然后上课我就讲："我们太需要把工作重心放在发展经济上，不然，会干出很多可笑的事来。"

我和“米格”

狗年说狗。“米格”如同“卡拉”，也是一条狗。

二十年前的初夏，我逛离宫，在宫墙根下的花鸟鱼虫市场，见到卖大小狗的，一时喜欢，花二百元买了一只。我怕小狗难养，买的是只半大狗，应该是被谁养过的。卖者说这是俄罗斯的，叫米格。往下我也就喊它米格了。

米格短毛，通体纯白，短耳耸立，体格健壮，极其好动。只是一开始没理会，后来看别的狗摇尾巴，说米格怎么不摇。仔细一看，天哪！米格没尾巴！或者说也有，但只有个小尾锥，跟没有也差不多。请教明白人，说就是这样的品种，摇不了尾巴。

那一年，我对职场是愈发心烦了。按说我是从干事、科长一路干上来的，工作上的事难不住我。但那时风气渐变成规：公事难以公办，须走人情路线。比如单位内部科室调整人员变动，明明向上级或有关部门打了报告，但要批下来，还得请客吃饭或送点烟酒才行。因此，无论去权力部门还是酒席桌上，我都得笑脸盈盈，好话不断……

我很惭愧，在这点上我不如米格。米格天生傲体——没尾巴可摇，从不向人讨喜欢。又短又硬的尾巴像锥子，硬硬的，向上撅着，像根刺向权势的尖矛。我问它：“你怎么这么牛？见了我也不亲热？”米格耷拉下狗眼——狗眼看人低，它一定感觉没什么了不起，都一般高，没必要低三下四地去主动亲热。

那时，报社的日子尚好过，属于热门单位。但我却一接电话就头疼：十有八九是要往我这塞人。曾经的老领导，你得给人家面子吧；现任的领导，你怎敢怠慢；有关部门的头头，也有求得着人家的时候；老同学老朋友，不能装不认识；自家亲戚，总不能冷冰冰……外人看我这一把手挺神气，其实我谁都不能也不敢得罪。每个电话都得让我费尽口舌，但结果还是把人伤了一圈又一圈。

我很羡慕米格，米格心无烦事，一身轻松。躺下就睡，醒来就玩。米格个性十足，脑后有反骨，我叫它老实趴着，它偏站起来。老伴看它不顺眼，它龇牙瞪眼不服气。我想教米格些什么技巧，米格不学，它不想出名；我带它出去会名犬，米格不向前凑，它不羡慕什么公子（狗名），也不喜欢贵妇。米格要的就是自己。

我不想干了，跟朋友私下说，得到的都是善意的劝阻——你有病呀，人家想当官还当不上！没小车坐，你外出多没面子。不能签单，你吃饭来朋友自己掏腰包呀……

我看看米格，米格一点也不喜欢住楼房吃狗粮还定期洗澡。它只想回归自然，回到同类中去。它像疯了一样，撕咬房间里任何能够得着的东西。为此，我家墙上钉了很多钉子，挂着诸如拖鞋等一切本该放在地板上的物件。老伴对米格的成见越来越大，说它是苏联米格飞机变的，此来不怀好意。

我跟米格还行，我带它上街，它有点高兴，带它去河边去山上，它欢蹦乱跳。它跑得很快，我追不上，但它终究还要悄悄回到我的身边。不过，我总觉得米格有心事，像是哪里在呼唤它。

我写了辞去行政职务的报告，并请一年创作假。领导说假可以给你，职务就别辞了。我说实话，请创作假的目的就是辞职。看我态度坚决，而且已有数人闻讯争当这个社长。三条腿的蛤蟆难找，两条腿的人有的是。上面很快批下来，我立即一身轻松，领着米格路过那些机关大门，我喊“拜拜吧您呀！”，米格汪汪汪跟着吼几声。

这年我47岁，二十载奋斗，一朝返璞归真。工资尚有，人成白丁。在家写小说，身边只有米格陪同。没有电话，没人串门，世态冷暖，不上我心。我很快乐，米格也很快乐，但我还想给它更大的快乐。

半年以后，米格长成一条大狗。有一天，我带它到山上，前面是一片松林，再往前是通往北方的路。我忽然想试一把，对米格说：“你要是愿意走，就走吧。”

奇怪，米格竟然听懂了！它先是一动不动瞅着我。当我又说了一遍，它就慢慢地朝前走去，又停下，扭头朝我叫了两声，然后，就头也不回地向松林深处跑去。

我后悔，满腹狐疑待在原地，希望这一切不是真的。天暗下来，不见米格，往家走，期盼着一道白光飞到身边。但没有。老伴见我一人回来，欣喜若狂。我则一夜不眠，静听门外是否有挠门声。很遗憾，直至天亮也没有。从此，我再没见过米格，也再不养狗了。

挂马头 卖驴肉

我家小区外有家卖驴肉火烧的，很便宜。我想着三国大将张郃（河间人），常去吃。其间曾问：“为何要剁碎？”店主说：“这是老规矩，都这么卖。”

后来一次在高速路休息区，见到两家店，不都那么卖：一家是剁得细碎，另一家切薄片，切片的要贵。问“怎么不剁碎”，卖者瞥了一眼说：“我这是正宗驴肉，你问他敢切片吗？”

听锣听音，听话听声。但我还是不大明白，正宗驴肉与否和切片、剁碎是什么关系。前一阵，电视点名曝光某府县驴肉做假，小区外那家驴肉火烧馆立刻消失。这下我明白了——这些年，我大概没吃着驴肉，而是吃了一肚子马肉、骡子肉或猪肉，还有各种色素调味品。俗话讲，便宜没好货，好货不便宜。那小店，应该不只为赔本赚吆喝，还是没卖真正的驴肉。当然，说到底还怨我，谁叫你图便宜。

“天上龙肉，地上驴肉。”龙肉没人吃过，驴肉就被推为人间最好吃的肉。中国北方很多地方美食中，驴肉火烧是极有名的，某府县驴肉火烧又是其中佼佼者。追根道源，不论唐宋，单说清末，就有若干宫内烹饪高手回归故里做驴肉火烧生意，可谓传承有序声名四扬，为后人创出一块金字招牌。按说有前人留下聚宝盆，只要秉持传统，诚信做事，必将代代受益。然而就偏有人不珍惜，用马肉、骡肉、猪肉冒充驴肉。结果如何？到如今媒体曝光，金牌被污，名声受损，最终伤了声誉，悔之晚矣。

“挂驴头，卖马肉”，是一些文章对此次事情的评说。很显然，这是从“挂羊头，卖狗肉”那句话延伸过来的。两个头，四种肉，讥讽的是一个现象，即名不符实。说一套，做一套，外面一套，内里又一套。不光做生意，包括为人处世，言行不一、表里不一，都是犯大忌的。

放下由事及理的形而上升华暂且不说，只说以马肉冒充驴肉，我就感觉有些不公。难道马肉就那么不值钱，需要顶着驴头去卖？东汉末年，群雄并起战乱不断，张郃为袁绍部将时，一次攻打公孙赞被困，无奈只好令士兵杀马充饥，事后便觉得马肉好吃，于是军中每有老马伤马不能再战，便杀了让人煮来一尝，久之，就对马肉格外喜爱。而此时征战中淘汰马甚多，流入民间，一时马肉馆红火。官渡之战后，张郃归顺曹操，途经故里，进一马肉馆。吃罢感觉味道不一样，问这是何肉，店主指着墙上的马头曰马肉。张郃追问再三，店主只好道出实情：“新近有令，为鼓励耕田，不许杀马，只好用驴肉充之。”张郃笑道：“汝乃挂马头卖驴肉也。”

百里不同风，十里不同俗。岁月在更替，认知有演变。原先都说细粮好，现在下馆子要吃粗粮；早先见人胖说富态，现今见瘦人说长寿；前年还说一孩好，今年就提倡生二胎……

故此，马骡牛羊猪狗驴骡肉，谁也别说自己这身膘肉骨头肚子大肠总能独占鳌头。能否变成美食，关键还在人的新发现新做法。做不好，五香驴肉能做出燎驴头味儿，做好了，伏枥老骥能冒做出龙肉香肴，如此岂不正是“龙马精神”的发扬光大。

我劝诸君莫泄气，与其用马肉冒充驴肉，咱不如干脆就挂上马头做马肉，创一个马肉火烧新品种。说不定哪天就超越驴肉，供不应求，情急之下，个别人甚至会干出“挂马头，卖驴肉”的事来。你信不？

莱西与旺财

狗年将至，就想起两只狗：莱西与旺财。

莱西，是电影《灵犬莱西》里的主角，是一只苏格兰牧羊犬；旺财，是我一位画家朋友的宝贝老狗，是一只狐狸犬。

我看的《灵犬莱西》那一版是拍摄于1943年的，那只莱西肯定早就没了，但它还活在电影中，活在观众心中；旺财是今年春上没的，朋友给它画了像，配上悼词发在微信上，凡认识旺财的人都回了话，挺怀念它。

莱西，是一只让人感动的灵犬，它忠于贫困的主人，从苏格兰跋山涉水数百英里（1英里≈1.61千米）回家，其间既历尽艰辛几乎丧命，遇到好心人搭救，恋情难舍，又归心不改再上路程，终于回到约克郡主人身边。数年前，我第一次从电视上看这部电影时，片名还叫《莱西回家》。开始以为，一条狗回家的故事能有什么好看的，但没想到看了一会儿就被吸引住，并三次流泪：一是当它被一对老夫妇相救后再分手；二是莱西与卖艺人分别；三是莱西拖着疲惫的身子回到主人家中。

旺财，是17年前来到我朋友家的，那时它刚出生不久，从此就成了家中成员之一。旺财个子不大，去年它17岁，相当于人88岁，但在我们眼里仍是一只让人喜爱的小狗。旺财随主人去过很多地方，大家说它属于见多识广的犬。除了没坐过飞机，火车、轮船都坐过，当然，更多的是坐汽车。旺财聪明，知道什么时候自己能露面，能露面时它就和车（包车）里所有的人亲热；不该露面，它就藏身在特制的小提包里，让主人拎进旅店餐厅商店，静静地一动不动待在角落里。有一次，因情况有变，箱包一时被锁在那里，旺财竟然在包里不吃不喝待了一天一夜。

看电影《灵犬莱西》，其中最打动我的，无疑是那一对老夫妇与莱西的邂逅。影片中的老夫妇有些孤独，救了莱西后发现它是一只非常漂亮的狗，喜爱无比，很想让莱西留下来。但老夫妇很理智，首先到周边打听，是不是有谁家的狗走失。没有，看来莱西可以成为“我们的狗”了。然而高兴之后，细心的老妇人又观察莱西的举动，觉出这只狗“有心事”：或许它只是偶然路过这里，它还有事情要做。于是，善良的老夫妇就让莱西自己选择走还是留。莱西走出老夫妇的小院，回头望着他们，尽显感激之情，然后才慢慢地上路。这一刻的动人画面，表明了人与犬之间确有不可言明的心灵之通，善的力量，此时必然会打动所有看这部影片的人。

旺财虽身形小，但毕竟是犬中老者。早先欢蹦乱跳，这两年显出老态，先是上汽车或高些的台阶困难，吃不动硬东西，后来随我们外出，就见它尿血了，去年秋天浮水，肚子鼓鼓的。有邻居见了，说它太老了算了吧。但画家朋友夫妇坚决不放弃，一次次带它去看病、打针、吃药，并为它做软食精心照疗，旺财由此几次转危为安。旺财或许知道自己来日不多，最喜欢的事，就是卧在主人的脚下，抬头睁着圆圆的小眼睛与主人对视一阵，好像有一肚子话要说，却欲言又止。过年那几天，旺财忽然有了精神头，这屋那屋走来走去，让朋友夫妇很开心。过年后，它就不行了，最后一天，它坚持到楼外大小便，夜晚睡觉前，很少有地到主人的卧室转了一周，然后出去躺在自己的毡子上，悄悄地走了。朋友夫妇把旺财埋在小区外一片小树林子，每天推开窗就能望见，并决定：从此再不养狗。

《芳华妖猫传》

这些年，我很少去电影院看电影了。可是，但凡有冯小刚、陈凯歌的新片，我必定去买票看。当然，也尴尬——看《芳华》，闷热的放映厅里就我一个老头子。前面一对情侣，不光依偎着说话，还吃奶油味极浓的爆米花。我说“少吃点吧”，女的说“也没吃你的”，吃完又出去买了一包。过一阵不吃了，男的回头说：“大爷，您脱鞋了？”我说：“我怕你们腻着……”

《芳华》不错，味道复杂。出来发现还有可供两人看的小放映室，好，下午又和老伴一起来看《妖猫传》。这回行了，没有干扰，喝着茶水细细看。可惜半道上厕所，不给停。厕所难找，人老尿慢，起码白搭十块钱的没看着，还让老伴数叨：“咋杨贵妃时能忍，安禄山一出来就非得尿？”

古往今来冤案太多，我还不至于为《妖猫传》里一个洋（杨）贵妃憋坏膀胱。我甚至为杨贵妃长成一副洋人模样而来气，一来气就喝水，就奔厕所，结果就那么一会儿，安禄山都反了。

两个电影连着看，后果远比味道要复杂得多，夜里做梦乱套，分不开扯不断：长安城繁喧街市，长安街串联人潮，宫中夜宴酒池舞女，文工团女舞蹈演员，春琴、杨贵妃、何小萍、刘峰、安禄山、妖猫、政工干部等，都揉到一块……

还好，马蹄声、枪炮声把我从梦中惊醒，醒来残梦依在，便有奇想，现在不是玩“穿越”吗，如果将这两部电影合成一部，片名就叫《芳华妖猫传》，是不是也很好看？说干就干，我试着编了一下，但静下来细看看不行，当年我做编剧时写的都是农村题材的，没写过历史和部队的。也罢，这部电影还是留着给能编穿越的高手去编吧。

不过，试写之间，这两部电影有的内在联系我找到了，那就是“狂热”，是相隔1400多年时光，同是“芳华”年龄的人走进“狂热年代”的事。尽管那些事里还温存着些许柔柔绵情，甚至让主人公一生萦怀念念不忘，但最终唱出的还是无可奈何的阳关别曲和夕阳挽歌。

有关“狂热”下的悲剧，前有毁了开元盛世的安史之乱，后有运动中亲人之间的告发——一个改名卫兵的狂热者，与他父亲同时检举告发其母亲是现行反革命，并断绝母子关系，最终他眼看着母亲被五花大绑拉走枪决了。数年后，他忏悔了，第一次梦见了母亲，可母亲不理他。现在这个卫兵老了，他用“狼孩”来形容自己，用“弑母”来定义自己的行为，把家里的书房命名为“忏悔居”，写了一部自传体的《忏悔录》。

这是伤害自己母亲的，可若伤害他人呢？恐怕情况就不一样了。很多年前读小说，有一篇写的是二战后，一对波兰老夫妇与新邻居结识，新邻居文质彬彬待人礼貌，有一天波兰老妇去串门，发现邻居家有一个非常漂亮的皮质灯罩，灯罩上刺着一朵花。她看着很眼熟，就想起儿子小时，她曾在他背上刺过同样一朵花。冬天，给儿子洗澡，炭盆一个火星崩到儿子背上，在朵中留下一个小烫痕，令她牢牢记住。她仔细看，差一点晕过去：眼前这灯罩花心中，就有那个小烫痕……不过，老妇人很机智，不动声色夸这灯罩，说她能猜出这灯罩是用人皮做的，而且人皮非常适合做工艺品。

邻居妇女一时昏了头脑，道出真相：“那是一个多么让人激动兴奋的年代，我们是德国人，丈夫是集中营的负责人，每次看到那些身上有美丽文身的战俘被处决，都很可惜。后来，我们就发明了一种药，在处决他们前注射，然后把皮剥下来，并保持原样……”

老妇人再也受不了，她儿子就死在集中营。她万分悲痛，向对方扑去，说“你们这些法西斯”，却昏了过去。老妇人的丈夫找来，邻居男人说“我夫人在战时受过培训”，一针打下，老妇人再也醒不过来了。下葬时，邻居夫妇去参加，老妇人的丈夫还向他们表示感谢。

多年过去，我几乎忘记了这篇小说。但前些时，在一次聚会中，有几个生面孔，年龄与我相仿，其中有一位喝多了，唱起运动中的歌曲。当有年轻人问那时是什么样，他激动地说：“那是一个让人兴奋不已的年代，我们不用读书，走出教室，佩戴红袖标，去横扫一切牛鬼蛇神，烧古书，砸石碑，斗……”若不是他老伴喊你喝多了，胡说什么，他还要说下去。

我在那一刻忽然就想起那篇小说和那个德国妇女……前车之倾，后者当防，要防的是诸如酒桌上的那位，不把当年行为当耻辱，不忏悔，还炫耀给青年。如电影里妖猫，倘附体于新的芳华一代，那将后患无穷。《芳华妖猫传》由此就会有让人更揪心的内容。

“慷慨”与“悲歌”

张祜，字承吉，清河（今河北青河县）人，是中唐进入晚唐期间的重要诗人。杜牧曾为他抱不平，埋怨白居易（时任杭州刺史）有眼无珠，不推荐张祜求功名，诗云：“睫在眼前长不见，道非身外更何求？谁人得似张公子，千首诗轻万户侯。”

其实白居易也未尝不辨优劣，除了亲疏关系，我想还有一个原因，那就是在张祜身上出过荒唐事——“慷慨”大劲了。清人吴敬梓所著《儒林外史》，书中第十二回有一段令人喷饭的笑事：娄家二公子让一个叫张铁臂的给骗了，骗得不轻。说这二公子好交往，敬侠士，遇见个自称张铁臂的。张吹他的能耐大，铁臂能禁住千斤重车的碾压，就把二公子给忽悠住了。某夜，张拎一血淋淋皮囊从房上跳下，说自己有一仇人有一恩人，如今把仇人杀了，头颅就在囊中，现在需用500两银子去报恩人，而后就死心塌地跟随二公子了。二公子忙给了钱，又问这人脑袋怎么办。张说好办，你们请朋友来喝酒，待我两个时辰回来，撒上药末，顷刻化为水。二公子于是摆宴请客，等了一天也不见张回来。天热，皮囊有味，没法子打开看，里面哪里是人头，是个大猪头。这才明白上当了，忙让下人煮了吃了。这一段小批就叫“侠客虚设人头会”。

有意思的是，这是件真事，原型就是张祜。张祜年轻时钟情行侠仗义，以侠客自居，慷慨大方，豪放不羁，结果闹出大笑话。笑话的内容就是吴敬梓写的这段。这段事被唐人编到《桂苑丛谈》一书里。吴敬梓显然是全盘照抄了。我想，同时代的白居易不会不知这事，他大概不愿意让这个笑柄与自己联系起来，故此不愿为张祜出力。据考，500两银子，在唐朝够一中等人家过上三五年好日子了。这位张祜先生显然是够“慷慨”的了，可惜“慷慨”错了地方。

再说“悲歌”。最有名的就是刺秦王的荆轲了。在易水河边唱“风萧萧兮易水寒，壮士一去兮不复还”，想想都是挺悲壮的。但拿来《史记·刺客列传》细细读来，却发现不那么简单，人家荆轲并非认定自己一去不复还，他是抱有能回来希望走的，而且，去秦的决心，也下得很费劲。

何以证明呢？首先是人家太子丹找荆轲的本意就有两点：“诚得劫秦王，使悉反诸侯侵地，若曹沫之与齐恒公，则大善矣；则不可，因而刺杀之。”说得很清楚：第一，如果能劫持秦王，让他全部归还侵占诸侯的土地，就像曹沫与齐桓公之事，那就最好了；第二，如果不行，就刺杀他。

往下呢，荆轲虽然答应了太子丹，也享受了金钱美女。可就是一拖再拖不见行动——“久之，荆轲未有行意……”而秦将王翦已经破赵了，太子丹急了，去找他。荆轲就用没法接近秦王的理由来解释，后拿出主意，借用樊於期的人头。倘若不是樊於期为家人报仇心切，自杀了，荆轲不西行责任还不在他。待到人头也有了，利刃有了，连助手秦舞阳也有了，荆轲还是不走，弄得太子丹甚至怀疑他是不是要反悔，只好再催，说日头都落山了，您要是有别的想法，就先派秦舞阳去吧。荆轲这才没了推托的话，又说为什么派他去，去而不回的，是无用的小子！潜台词呢，显然是我去了还能回来。

看司马迁这段描述，荆轲分明是有点让太子丹给逼上路的感觉。往下，就更明显了。荆轲刺秦王不成反被秦王八创，“轲自知事不就，倚柱而笑，箕踞以骂曰：‘事所以不成者，以欲生劫之，必得约契以报太子也。’”临死吐真言了：原来他真没想杀死秦王，而是想劫持为人质，以换回侵地的约契以报答太子丹。当然，就是劫持成功，也难活着回来。但总还是有一线希望的。人家蔺相如，不就是九死一生连人带和氏璧都完整回来了吗?

前车后辙，学有榜样。按说荆轲有这想法也是正常的，无可厚非。麻烦出在韩愈这里。他给朋友写信写了一句“燕赵古称多感慨悲歌之士”，请注意这里有“古称”二字。再往后，不知谁就给去了，变成“燕赵自古多慷慨悲歌之士”。按韩愈本意，是向朋友介绍：自古以来，人们便说燕赵一带多有感慨悲歌的豪侠之士。意指如豫让、燕丹、荆轲、高渐离等这些不得志的英雄、侠客，他们常有悲歌感慨之举。

然改后的理解，就变成了燕赵自古以来英雄辈出，进而还把“慷慨悲歌”定位于一种地方的文化精神。出于理想的需要，这也是可以的。只是《史记》文字里原本有许多细微描述，完全可以于情于理将荆轲这事说得很清楚，但为了自己想象的“慷慨悲歌”，也只好就不去细读了。

柜台内外

曾有报道：浙江慈溪有位女士去银行取款22400元，柜员因操作失误，给了24000元。后来银行向女士追讨多出的1600元，但女士认为，银行柜台上写了“钞票当面点清，离柜概不负责”，拒绝归还，银行将那女士告上法庭。经查，此事乃旧事，然一旦重提，又引发了争议。

都说侯门深似海，我看银行水亦不浅。记得我去银行存钱，排了许久，终于坐在柜台前，说得清楚，定期三年。忽然柜台里的女孩就热情起来，又叫来一位，俩人满脸笑容，你一嘴我一嘴地开导我：“大爷，你这么存不合算呀，我们这里还有一款利息高的……”

那一次我险些被说动，忽然想起之前来这里，从来没有过这等待遇，这其中必有缘故。冷静下来，我没有接受建议，再看二位，脸色立变，一个转身走，一个眼瞅天花板，扔过张单子：“填表！”后来才知道，她俩推荐的，实际是一种保险。不少老年人眼花耳背，一见笑脸就信了，可再想退，就不容易了。后来，我总结出一条经验：人去银行，需要提防。冷脸相对，属于正常。忽然热情，必有花样。若避罗网，拒绝为上。往下，虽然显得老汉没礼貌——人家刚开口，我这就摆手，请打住，就按我的办，利息再高，不要。结果呢，这些年就没在这里出过麻烦和烦恼。

柜台内外，咫尺之隔。看似平等诚实，实则不然。

再说我去邮局取稿费。有一次是几张汇款单，我大致看看递过去，里面报个数就给了我。回来琢磨不对劲，好像少了一张的钱，转天路过，问能否再看看汇款单，人家说不能。后来我长了记性，取之前找块儿纸加一下。加一下也出过差错，数着没问题，回家老伴掉过来数，有一张百元票少了一个角，还挺大，又去邮局，人家说你得当面查出才行，都离开柜台了，不行。自知理亏，算啦。再数钱，不怕旁人笑话，正一遍，掉头再来一遍。

可有一次当场查，多出一千，我刚说“你可能多给了吧”，话音未落，里面那位跟屁股下有弹簧似的，“噔”地蹿起来，一把将钱抓过去，点了一遍，扣回十张，连声“谢谢”都没说。我说：“不对呀，不是出了柜台概不负责吗？”她说：“那是对你们，我这差了不行。”

兔子急了咬人，人急了吐真言：都是差错，能差咱，不能差她，柜台内外，差距怎么这么大呢？

当然，按照有关法律条文，那女士多得的1600元，大概属于“不当得利”，应当退还。但我以为，那女士也并非要强占这1600元，如果强占，她可以不承认多给了。她之所以承认又不退，正如她所言，就是要较这个劲，让银行也思考一下，他们违背自己制定的规定，又该怎么办？

虽然此事是银行胜诉，但我觉得从根本上讲，银行并没有赢——如果银行个别员工认为出了差错没什么了不起，单位会出头打官司要回来，那么，这次多给1600，下次就可能多给6100。长此以往，输了的应该是银行。

至于银行方面找理由，说柜员每天经手那么多钱，难免出差错。那么人家药房呢？把药要拿错了，吃死人，能说每天拿那么多药难免出错吗？有人曾建议，银行领导可与员工共同设想：这里就是药房，谁把药拿错了，谁负责。

倘若领导若说没事，拿错了吃死人我负责，那除非你有起死回生药，你有吗？

柜台内外，规定谁定？谁守？说是旧闻，只要还有类似事发生，被人们关注，就是新闻。

足球道士

有文字报道，电视上也有画面：河南建业与山东鲁能比赛前一天，河南某球迷协会在郑州航海体育场摆上祭台，请来十几位道士举旗作法，祈祷建业队取胜。一时间，真是香炉与足球齐飞，法旗共队旗一色……

此举引来一片嘘声。但有意思的是，转天建业队还真的赢了。而且是在近18个联赛主场比赛中仅赢的1场。如此，我估计，甭管外界如何说这个举动，而干这桩事的人（们）只会偷着乐，并下决心还要接着办，只是要做得保密些，不让外人看到。

这一次球场作法结果“灵”了，但历史上在距郑州70多公里（1公里=1千米）的开封，还有一次更大的作法，却没灵。那次不灵不是输一场球，而是输一个国，直接导致了北宋王朝的灭亡。那就是历史上著名的“靖康之变”，北宋徽钦二帝及后宫王妃、宫女、大臣三千多人被俘。京剧大师梅兰芳有一出戏《生死恨》，内有唱词：“说什么花好月圆人亦寿，山河万里几多愁。胡儿铁骑豺狼寇，他那里饮马黄河血染流……思悠悠来恨悠悠，故国明月在哪一州？”听一听，就知道国破家亡有多惨。

郭京，这个狗东西，就是那次在围城金军面前作法的误国者。这家伙原本是禁军中的一个士卒，平时好吹，说自己有多大能耐，如身怀佛道二教法术，能施道门“六甲法”，用七千七百七十七人布阵，并会佛教“毗沙门天王法”，可生擒金将退敌。估计他本也就是想借此骗些钱财，没想到宋钦宗和大臣到了紧要时刻昏了头脑，不信岳飞等将领而信郭京，又封官又赐金帛，结果事情就搞大了搞砸了。当时开封城高沟深，金军攻了一个多月也没攻下，等到郭京在城头作法，命人大开城门，派出由开封市井无赖组成的七千七百七十七人所谓六甲神兵，列阵做集体“广播体操”。一开始，把金人也吓一跳，没见过。后来看明白了，什么六甲神兵，一帮“神经”，金军骑兵两翼包抄，六甲神兵顿时烟消灰灭，金军乘乱攻进开封，后下就不用再说了。但缺德带冒烟的郭京却跑了，等到《水浒后传》里他又出来，和人斗法又输了，然后就被谁杀了——早该杀！

要说这两件事一个发生在当下，一个在宋朝，有联系否？有。一是发生在同一地域且为近邻，均为中原重要城郭（市）。二是都把道士作法玩大了，玩到开封城头（外），玩到足球场内。历史和现今，有胆大的，没见过这么胆大的。北宋只有一个，没法玩了，球场还在，不知谁敢再步前尘？

由此，我想起宋朝足球明星高俅。高俅原名高毬，初为苏轼书童，他一不送礼二不行贿三不靠道士，全靠一身球艺，踢进王府踢进皇廷踢成高干。虽说他日后为官做了不少坏事，但也得怪皇上用人不当。如果发挥其特长，中国足球早在宋朝就走出国门扬名海外了。用差了，让他管部队去，他也发蒙，就胡来了。当代明星运动员曾最多当到省部级，不也是惹了一身麻烦嘛。

陆游有诗："少年骑马入咸阳，鹘似身轻蝶似狂。蹴鞠场边万人看，秋千旗下一春忙。"蹴，用脚踢；鞠，外包皮革内实米糠，充气足球的祖先；万人看蹴鞠，"宋超"联赛也！

"宋超"联赛中的一段情节，我想应该是这样的——河南乃宋朝中央大省，有足球队名"中业"，山东队受水泊梁山（正值招安罢兵）资助名"鲁山"。

话说那一阵子中业主场屡屡失利，球队士气不振，球迷心焦。原因主要出在高俅去山东围剿水泊梁山被俘，为保全性命，权且做了鲁山队技术教练，鲁山由此进步很快。不久，宋江受招安，众弟兄心灰意冷，有的不愿为官，就加入鲁山队：神行太保戴宗任前锋，踢满全场，百米还跑5秒，人比球快。中场燕青，神出鬼没，飘忽不定。后卫武松、鲁智深，二虎把门，谁都难过。门将李逵，眼珠一瞪，对方腿软。

某日中业将与鲁山交锋，考虑到鲁山队的实力太强，上下发愁。忽然球迷中有个叫郭京的，自吹有道行，说能让中业球员个个变成六甲球员赢了比赛。中业老板高兴，暗中送他酒肉，郭京找来些市井泼皮吃饱喝足，换了道士衣服去球场作法。不料瞎猫遇上死耗子，转天中业竟赢了。郭京由此名声大振，还想接着再骗一场再造一顿，不料金兵打来了……

杜甫与“高房价”

今人为高房价所困，古人亦然。

杜甫是天宝初年（公元746年）到长安谋取功名的，这时他还年轻，才35岁。然出师不利，应进士不第，脸面无光。回家又不心甘，往下就在长安“打工”，成了“长漂”一族，前后达十年之久。

这其间，杜甫有近八年时间是一个人在长安的。一个人比较省心，有个栖身处即可，无须购房，故这时他未发出“安得广厦千万间”的声音。还有个原因，他单身那几年，长安的物价包括房价还没暴涨。可惜的是他没抓住机会买上一套，留着日后与家人安居，更没想到多买几套去“炒”。

对房子特别是质量好一点房子有需求渴望之感，是经过随后一系列的遭遇而产生的。首先是他回奉先县（今陕西蒲城）探望家眷，发现小儿子病饿死了。偏偏时局又发生了变化，安禄山打下长安，流民遍野。无奈之下杜甫也只好带家人逃难。但他毕竟是个小公务员（在长安后当了军械库房的小管理员），况且在文坛上也是小有名气的中青年诗人，同时他也想在平叛中有所作为建功立业。于是他就将家安顿在羌村，自己奔灵武投唐肃宗，偏偏途中又被叛军擒，押送长安。他想法跑了，见到肃宗，肃宗很高兴还给他一个左拾遗的官职。再往下是沉沉浮浮、磕磕绊绊的官场生活，好房宅置不起，官也当不下去。最终是在他50多岁时，在一些好友的帮助下，在成都西郊花溪畔自建了茅屋数间，这才比较安稳地生活了3年零9个月，近4年吧。

“两个黄鹂鸣翠柳，一行白鹭上青天”“好雨知时节，当春乃发生”等诗句，就是此时写的。可以看出，杜甫此时的心情很好，新盖的茅屋给了他很大的温暖。“我想有个家，一个不大的地方。”这歌词用在这里也很合适。现今的“杜甫草堂”，是经过不断修缮增添、占地三百多亩的旅游名胜。但当初连房带院也不过一亩大小。“诛茅初一亩”是杜甫在诗中写的。而且很有可能是杜甫的朋友仗着某些关系没花钱给硬占的，占的是河边荒地，实属违章建筑。但不管怎么说，杜甫没花什么钱有了房住，心里还是高兴的。也就没有必要为房价的事说些什么。

可随后发生一件事，终让杜甫喊出了“安得广厦千万间”的千古名句。这就是他的房子让一场秋雨给浇透了，房顶的草让秋风给刮飞了，而且还让些小孩子给抱跑了。“八月秋高风怒号，卷我屋上三重茅，茅飞渡江洒江郊。高者挂罥长林梢，下者飘转沉塘坳。”这几句没什么争议的，稍有一点是郭沫若先生在《李白与杜甫》一书中说“三重茅”比瓦还好，得是地主一级成分者方能享受，对此且放下不表。关键是下面这几句：“南村群童欺我老无力，忍能对面为盗贼，公然抱茅入竹去，唇焦口燥呼不得，归来倚杖自叹息。”

这几句为郭先生“扬李抑杜”找到了根据。让咱们看也是，那么有同情心的、唱出“朱门酒肉臭，路有冻死骨”的杜甫，好像不应该骂抱走几把茅草的孩子为“盗贼”的。可他却骂了，还气得要死，有点像《青春之歌》里老地主喊“麦子！我的麦子呀！”（农民夜里把麦子割了）。实际情况应该是，杜甫站在河边喊：“茅草！我的茅草呀！”

但依我之见，杜甫一时发火，还是应给予理解的：可以肯定地说，草堂房子的质量，是不过关的（没经过质检）。按说以杜甫在诗坛的影响，又有些朋友和读者，他若想住在城里，住明堂瓦房，应该是不难的。问题在这里就出现了，城里房价高，他买不起。买不起也可以借钱或想办法筹钱买，可杜甫毕竟是文人，还是穷文人。穷酸，在这时候就要表现出来。杜甫曾当左拾遗，从八品，顶多是正科级，他的年俸在米价暴涨时只能买一斗半，他又没有别的收入，因此买房定然是买不起的。借钱？拿什么还？大诗人身后跟着债主，太难为情。借住？串房檐，又失身份。于是就找个喜欢清静的借口吧，说我在城外自己盖房，钱呢，就这些，够不够你们看着办吧。话说到这，朋友们又能怎么办？能就花他那点钱吗？都赞助点吧，再通过喜爱杜甫诗歌的村主任找块闲地，帮他弄几间经济适用房吧，瓦太贵，就用草顶，既省钱，又符合他诗人的身份。

其实，杜甫何尝不想住高堂阔厦呀！没办法呀，也只好忍了，好在有诗词为伴，也算高雅。但麻烦终归来了，“布衾多年冷似铁，娇儿恶卧踏里裂。床头屋漏无干处，雨脚如麻未断绝”。可够惨的了，被子多年没换新棉了，而且家里还平均不上一人一床被，孩子和大人在一被窝里，不老实，乱蹬。茅屋墙又薄，没有风雨都冷，如今连房顶都刮跑了，满屋没有干处，老婆埋怨孩子闹，如此一来，再伟大的诗人也得着急。一急，深更半夜他就喊出了：“安得广厦千万间，大庇天下寒士俱欢颜，风雨不动安如山！”把老婆孩子都震住，咋着？哪能就“冻死”了？

对“寒士”一词历来是有异议的。比较多的是说“天下劳苦大众”。但不少人觉得不准确。隋唐时期，社会阶层分得很清楚：士、农、工、商……士是指知识分子。从写这首诗的心情看，杜甫这时正怨恨着这帮“小盗贼”呢，怎么马上又为他们家（广大贫下中农）的住房忧心呢？况这时的他乍到蜀地，有朋友们捧着，有明月花草伴着，正值清高自在之时，估计还没来得及与当地百姓打成一片，因此，喊出“安得广厦千万间”，主要还是想庇护一下像自己这样的寒士，这样的寒士自安史之乱肯定不少。但不管怎么说，自己受着苦，还想着别人，还是普天下的读书人，这境界也是够高尚的，值得后人很好地学习。

唐朝的房价最贵时合多少银子一平方米，尚弄不清楚。不过可以分析，古人建城本是以墙护民，但凡能容得下，居民就该住在城里。而后来是人口增加了，城里住不下了，就出现东西南北门外的居住区。于是，就有城里人城外人之分。城里是当地政治经济文化的中心，其间的房价必然不菲。有书记载，长安城内有一处房值20万银，因闹凶死人卖5万。就说5万吧，杜甫一辈子官没大过科级，回家探亲都是步行，那年头又没有银行贷款，他若想买处房子，简直比登天还难。所以，他也只能喊喊“要是有千万间大房子多好呀！”，喊了也白喊，诗圣还照样受罪。不过，他后来终于想出了既不花钱又住好房的办法，那就是到处走，当客人，住客房，吃客饭。于是，离开草堂，他就四处漂泊，每处都不长住，住一阵就走（也得考虑当地接待费用问题）。可怜杜甫命中缺居所，最终，死在了船上，到了也没住上属于自己的像样房子。

眼睛与视力

我上小学时，有一男同学眼睛又细又长，他自己说是用“席篾拉的”，但功能非凡——窥视旁人答卷无须扭头，眼球居中，左右数米内，皆为侧光笼罩，能看清小数点后两位。由此，曾被挖苦是小偷材料。然人家长大后当警察，反扒能手，往街上一站，周边哪有小动作，一清二楚。于是大家又赞他说：“山不在高，有仙则名。眼不在大，明察才行。”

说来眼睛最主要的功能，毫无疑问是视觉视力。但现实中，更多的却是纳入容貌范畴，尤其女孩子。当年乡下说媳妇，眼睛大小，双眼皮儿还是单眼皮，财礼价钱都不同。某村前后院同天娶媳妇，前院大眼睛水汪汪，后院小眼睛黑豆豆，前院被夸不止，后院脸面少光。不料数日后让人翻跟斗：大眼睛连着三宿踢碎四个尿盆（瓦制），最后一个是公婆那屋的（摸黑到堂屋喝水转向了）；小眼睛绣花，飞针走线令全村妇女佩服得不行。去医院检查，大眼睛高度近视，立刻配眼镜。邻居说：“在家做饭喂猪还戴眼镜？”婆婆说：“不戴不行呀，男人收工回家，分不清谁是丈夫谁是公公，这要半夜上错炕可咋办……”

都说近视遗传，其实不然。我父亲戴眼镜，我视力则很好，年轻时没近视，四十八没花，现在六十八，看书看报也不用眼镜。去车管所查视力，左眼1.2，右眼1.3。人家都不信，还以为我戴隐形镜片了。分析原因，一是上小学时，学校眼球保健操做得好。先放音乐，心气平和，然后一二三四五六七八，四八一节，五六个穴位，从眉头做到耳根，坚持数年；二是体育锻炼，尤其打乒乓球，最练眼睛。你看中外乒乓球运动员，戴眼镜的很少。

我老伴视力也好，连墨镜都不戴，一戴就迷糊。但往下女儿女婿外孙都戴。去外孙学校，进宿舍一愣，八个男生，七个“眼镜儿”。再看教室，那真是“满堂春色关不住，一屋镜片映日来”。当年上初中，我班54人，就一个戴眼镜的，喊绰号“眼镜儿”，就一人应。现在呢？喊一声等于喊全体了。都这样了，学校还使劲熬钟点，大篇子，蚂蚁字——管他学生几百度，只求学校知名度……

再说“眼睛是心灵的窗户”。这话源自孟子：“存乎人者，莫良于眸子。眸子不能掩其恶。胸中正，则眸子瞭焉；胸中不正，则眸子眊焉。听其言也，观其眸子，人焉廋哉？”即观察一个人，再没有比观察他的眼睛更好的了。眼睛不能掩盖一个人的丑恶。心中光明正大，眼睛就明亮；心中不光明正大，眼睛就昏暗不明，躲躲闪闪。

这话很有些道里，在电影《列宁在一九一八》里，捷尔仁斯基眼光如电，对叛徒喊：“看着我的眼睛！看着我的眼睛！”叛徒眼光则充满恐慌，始终不敢正视，终于一下子就崩溃了。

不过，现实中也并非那么简单，否则，组织部成立一个“眼睛处”，就把干部考查全解决了。某官员浓眉大眼，上电视两眼炯炯有神，怎么看都不像贪官。但转眼之间就变了，背地里收钱，两眼充满贪婪之光。有一次又收一包钱，两眼喜成一条缝儿。后风声紧，害怕了，两眼惶色茫然，偷着退钱。事发核实，行贿者说："是退了，没错，但多出三万。"又问他："你不识数吗？"他说："识数，但一见钱，就眼睛发花……"

那天小聚，有一个朋友，丹凤眼，人深沉，不苟言笑。坐他两旁的女士爱逗，不想让他安生吃喝。他不简单，目不斜视，既能盯准转到眼前的好菜及时下筷，又能对身边情况了如指掌左挡右拦。我想起小学同学，问他是不是有特异功能，他很认真地说："是的，你们是用眼光看，我不一样，我可以用旁光看。"

全桌人笑喷了，他不笑，说："是旁光，不是膀胱！"

“厕所革命”

今年初秋，和老伴随旅游专列去西北，一路上大家对厕所的感受是——愉悦在其间，烦恼亦在其间。

说“愉悦”，是西北地广，景点相距远，加之多为老年人，下车若很快有厕所一卸负担，腹内轻松，眉头舒展，说愉悦都说低了，简直是幸福。反之，人多厕小排大队，不仅烦恼，甚至悲惨——同行一位喜爱写诗的朋友大便干燥，吃败火药，吃一丸，不管用，二丸，还不行，四丸，这回管用了，干的没了，全是稀的，大家逗他这才是“湿（诗）人”本色。往下坐车不看风景光瞄厕所，自吟：“纵有锦绣三百里，不见厕所使人愁。”

厕所古时又称“圊图”，因农家厕所用茅草遮蔽，亦称“茅厕”。古人管上厕所叫“如厕”，又名“出恭”。春秋时期及以前厕所简陋，多设在猪圈内。最有名的事例，是晋景公掉屎坑里溺死，尽管宫里厕所可能与猪圈无关。有人分析是他使劲过大，心脏或脑血管出了毛病，但终归是一个大活人掉下去了，可见坑之敞之陋。后来变了，史上最奢华的厕所，是晋石崇，他家厕所修建得华美绝伦，备有各种的香水香膏，并经常有十多个穿着锦绣打扮艳丽的女仆恭候。客人上过厕所，要为他们换新衣，原先的不再穿了。1903年，慈禧太后谒见西陵所乘铁路花车，“如意桶”（马桶）桶底贮黄沙，上注水银，粪落水银中，无迹无味。外施宫饰绒缎，成一绣墩，可谓奢侈之极。

说来厕所乃实用之所，没必要搞得奢华。但太简陋了，也有伤大雅。二十世纪七十年代，我下乡时见某一带厕所多为“连茅圈”，即与猪圈相连，人在上，猪在下面张嘴等待。初到不知，就有女同志如厕时惨叫着蹿将出来。后来政府强令铲灭“连茅圈”，才使春秋“圊圂”灭了踪迹。

近年来最令人称赞的，是高速公路服务区的洗手间，面积大，干净光洁，且备有坐便器。坐便在过去被视为奢侈，现今早已遍布各个人家。老年人腿脚老化，多已不习惯下蹲。若无坐便，只好咬牙切齿蹲下，往往又难解出。费大劲解出，又难站起来。坐专列，问清厕所型制非常重要。毕竟那是在行进中，本来就蹲不稳，再来个刹车，就曾有人先头碰壁再坐坑里，还好，没成晋宣公。

到一个景区，以我的观察，该景区设施建设如何，看了厕所便知。厕所好，其他错不了。厕所差，其他也好不到哪里去。当下旅游热，那日几趟专列同奔了喀纳斯，一时间数千个膀胱，上万米大肠，多有卸载之欲，即便那有稍大的卫生间，一时都难以承受。队伍都检票往里行进，女厕前还排大队，急眼了就只能强占男厕了。

对于景区或饭店而言，要揽瓷器活，就得有金刚钻，有天早上天不亮全专列人吃饭，60桌，讲明饭后上车要连开三小时。放下饭碗众人就奔厕所，厕所小进不了几个人，结果车队走了，晨雾里四下就多有遗留物。好在四下是小树林，权当施肥吧。

“厕所革命”一是数量，二是质量。数量是让人在街上或公共区域忍耐一阵，就能寻到厕所；质量是厕所要干净，有容量，且有人性化设施。那天去青海湖，一早很冷，把能穿的都穿了。等到出太阳了，又很热。我和老伴就去了第三卫生间，很从容地换下较厚的衣裤。

专列上的厕所是真空马桶，用水和气。但也有缺水少气的时候，锁了不让用。许多人都有临睡前方便一下的习惯，那天到半夜了，厕所还没启用。有能忍的，忍到天亮，终于能使了，出来问什么感觉，说：“解放了！”

老人出行“四要素”

当下老人旅游，“专列”很受欢迎：价格适中，景点多多，省心省事。特别是最后一点，只要上了火车，就什么都别管，往下吃住行看，一切有人安排。其要素我归纳了四点，即“导游的嘴，老人的腿，洗手间的档次，团餐的油水”。

“景点美不美，全靠导游一张嘴。”此话虽有点过，但也有一定道理。特别专列受铁路行程限制，下车参观时间短，多为走马观花。所以，一旦坐上大巴前往景点，导游的“嘴”就至关重要。小嘴叭叭儿，讲得精彩，让人爱听，听得明白，下车就容易能看到精华重点，老人们就满意——挺好，没白来。

老年团年龄大，但历来是要求你的腿脚不能差——上车占座，下车抢厕，入点排队，照相占位，都需要好脚力。特别在景点内跟不上队伍，后果非常严重。于是过去是腿疼要走，崴脚要走，摔倒了爬起来依然接着走。现在情况大有改观，景区尽量减少步行路程，各种交通工具车穿行在景点之间，为老年人提供极大的方便。今秋去喀纳斯，几个专列的游人同时抵达，人流如潮，但也用不着排很长时间的队，崭新的大车一辆接一辆，欲与游人试比高，很快就将我们送到景点。而一旦有人不慎伤了腿不能行走，旅行社还提供轮椅。

洗手间是厕所的雅称，经验告诉我，到一景区，想知其服务设施如何，去厕所一看便知。厕所档次高，其他错不了。厕所档次低，其他高不了。“老年专列”，对厕所要求尤其高。一是要大，一专列少说五六百人，人老尿多，见厕所从不放过。若还是先前简陋小茅厕，哪怕是稍大一些的，也承受不了。二是光坑位多不行，还须有坐便。随着生活水平提高，现今个人家里都是坐便，好多人已习惯成自然，蹲下，解不出，解出了，又起不来，那就麻烦了。三是还要有些更人性化的“第三洗手间”，方便老年人的特殊需求。那次西北行，让我没想到的是，黄沙滚滚的嘉峪关、敦煌，还有碧水连天青海湖景区，不仅厕所多，而且装修考究，让人如厕心悦。那日去青海湖早上很冷，太阳出来又很热，我和老伴就进了第三洗手间，很从容地脱去厚衣裤。

四是团餐的油水，即如何让这么多人吃好。吃好又分两点：第一，很快吃上。那日在宁夏中卫吃午餐，全专列人进大厅，我数了一下，十人一桌，整整五十桌。不到十五分钟，各桌八菜一汤全部上齐。这是很考验接待能力的，倘若拖泥带水，这五百又饥又渴的肚子和嘴，肯定意见不小。

第二，保证吃饱，并尽量吃好。旅游团餐想吃得很好很难，有导游说，大鱼大肉，并不适合行程中的肠胃。然西北牛羊肉多，或烤串或红烧毕竟比青菜诱人。顿顿青菜多，难免就有人不悦。不过，数日团餐后，习惯了，好多人突然感觉馋虫不见了，清淡把人吃得肝舒胃畅，便不再不悦，说若此时体检，各项指标一定转好。当然，每天桌上有一盘油水稍大些的菜，还是受欢迎的。

“四要素”是我琢磨的。别人可能归纳出五要素、八要素，都行。希望搞旅游的人注意，从而使老年人愿意花钱随团出行。

个人档案

有一则谜语，大意是“一辈子跟着你，一辈子又见不着面”，谜底就是“个人档案”。如果偷着见面了，就违规了；如果改了年龄、工龄什么的，就违纪了。不过，一个人去世后，其后人还有可能见到他的档案。

承德有个老作家薛理，他的长篇小说《金马奇案》，是1984年由天津百花文艺出版社出版发行的。第一版印380千册（版权页注）。这部书写山里淘金人与公安、土匪的故事，在那个年代很新奇。后来他又写了长篇小说《风流天子》，不料1987年猝发心脏病离世，时年才57岁，很令人惋惜。

薛理原籍吉林，1946年念书时，学校将他们四十多同学装火车拉到沈阳，下车后被嘟噜嘟噜说俄语的苏联教官领走，然后就给他们上有关公安方面的课。很久，才知道那些人是“契卡”，即后来克格勃的前身。毕业后薛理分配到热河省公安厅，给厅长当秘书，前程光明。不料数年后他连走下坡路，直至下放到乡村，全靠能写曲艺、故事、小说，才落到县文化馆。十一届三中全会后，他被调到地区文联从事专业创作……

我与薛理老师很熟，他很健谈，肚里的故事非常多。但很长时间我都不知道他是老公安。有一次问他为何改行，他说人家不让咱干了，谁知差头出在哪里。

哪里？这个谜在他过世多年后，让他儿子薛晓雷解开了。晓雷是诗人，也做编辑。他很小的时候，就从承德市随着母亲到了他父亲下放的乡下，受过不少苦。最近，他将退休，为了弄清自己确切的出生年月，通过正常途径，在档案局查看到他父亲的个人档案。看后，不光年月清楚了，还弄清了另一件事：他父亲那些年所有的厄运，根源大概都在这里——档案内有大量当年苏联教员对“薛理学员”的评价，以及毕业后相互间通信的文字原件……且不管内容是什么，单是这老些外国字，在那个神经紧绷的年代，这档案本人，就难逃“苏修特务”的嫌疑。即便你什么错误也没犯，也不适合在公安系统待下去，借个由头，打发走，是必然的。

薛理至死也不知自己档案里有这些东西，所以他就弄不明白，为何初到一个地方，领导对他都很好，可过些时就变了，就疏远了他。原因明摆着：一看档案，人家不敢用你了。

那天是在酒桌上，晓雷把这件事讲了。我不由地就想到我父亲。我父亲出生于1906年，我生于1951年1月（属虎）。我对父亲是既了解又不了解。我知道他后来在天津渤海无线电厂，是七级半钳工（让半级），新产品试验小组组长。还知道他在文革初被勒令退职（不是退休），然后在运动中屡受审查，身心疲惫，1974年病故。而对他的前半生，我只是在运动中帮他抄“交代材料”时，了解到他是1921年15岁时从辽宁盖县（现为盖州市）老家到大连商号“住地方”（当店员），然后1938年到了四平分号，再到天津……

去年写《我家命运从“住地方”开始》一文时，其中涉及父亲经历中的一些时间节点，很难弄清。当时就想，若能看一下他的档案多好。但那时没敢多想，一是父亲去世多年，个人档案可能早就没了。二是即便有，能让看吗？

考古挖掘时，如为墓室，找到墓志铭非常重要。从中不光能了解墓主人是谁，还对了解那个年代有很大作用。一位故者的个人档案，是更详尽的墓志铭。档案里没有传记的主观取舍，更无文学的演绎戏说，即便是平民百姓，对其后人来讲，是家谱背后的深入解读，对社会而言，亦是探研某一时代细微处的实例佐证。

据晓雷说，薛理档案中，“精薄”的纸，有一巴掌多厚。我父亲在旧社会经商多年，与各种人交往多，尔后屡陷运动中，内查外调、个人检讨、他人取证、定性结论，各种材料会源源不断地装进他的档案里。由此，父亲的档案，也应该有一定的厚度，内容一定“丰富多彩”。

昔日遥远，恩怨皆无。平心静气，只想人生有如谜面，百年之后，倘有谜底可揭，为何不去一观？那晚一时心动，便细想起后来找我父亲的，俱是街道和派出所。彼时我家住长沙路，属民园派出所辖区。想必父亲的档案应在那里吧。遂从网上查到电话，打了两个，都是空号，然后就乐——老何，你喝多了吧……

“贴身翻译”

日前，年过六旬的朋友一人去美国，回来问他：“你不会英语，乘机呀问路呀怎么办？”他拿出手机，调出翻译功能当场演示——我对手机说“你是谁？”，手机立刻说出英语。反之，我说“拜拜”，手机立刻说“再见”。我惊呆了，这还了得，这不就是独自享用一个“贴身翻译”嘛！

二十年前，有朋友去美国，途中买牛奶，却不知英文牛奶怎么说。没办法就比画，先把两只手放头上成牛角状，对方不明白，又哞哞学牛叫，对方点头，指着草地，意思是牛在草地上。朋友急了，拉过爱人，又指她胸部，总算把牛奶买着。回来说这事绝不是编的，外国人彼此之间交流都比画，更何况语言不通，急了就顾不上许多了。

十年前老友退休去美国女儿家，走之前老两口欲学些英语单词，但有难度。后来女儿寄来数个信封，类似刘备东吴娶亲诸葛亮授赵云锦囊。于是，老友途中每到一处，需要与人交谈，就打开一个，内里卡片上是中英文，提问题，附有答复选项，让对方点，再看中文内容，就明白了。这招数虽然复杂，但也是没有办法的办法。

如今有高科技成果转化到手机上，原先很难办到的事，轻而易举就解决了，可以想象，用不多久，地球人在语言的交流上，一定会有更简捷的方法。由此，学校、家长是不是也该改变一下思路：还有没有必要让小学生耗费那么大精力死记硬背？

还有阅读，中文的繁体字和简体字，有不少差异很大。读古籍时，不光年轻人，像我这年龄的，过去也须借助字典。现在简单了，电脑上有繁简更换键，一篇文章，轻轻一点，就变了。从网上查看，中英文之间相互变换的软件也已经有了，文字翻译也将从耗费大量人力、脑力的工作中解脱出来。我想，既然高科技已经发展到这一步，目的就是方便人类的工作和生活，我们有必要变化一下先前的认知和行为，借助科技的力量，更上一层楼。

还有书房。我原先的书房有很多书橱，是地道的存放书的房子。但说实话，其中大部分书是“干闲着”，并占用了有限的空间。后来想开了，如今用电脑查阅资料，比从书中寻找，不知快了多少倍。搬到新楼时，我把大部分书仍留在旧房里，新书房变为工作室，一部电脑，连阅读带写作，收发邮件，全都解决。腾出的空间可写书法，会朋友，健身。

我过去随作家团出过几次国，但老伴从未出去过。有了手机这个“贴身翻译”，我们准备自己出去一次，丰富丰富晚年生活。

“大普”

“大普”，是“工农兵大学生”的学历。

当年“文革”来了，大学不招生，往下也不知还办不办。到1968年，先松口说“理工科大学还要办”；1970年试点招生，不光理工科，所有大学都招了，看来还办。

隋、唐以前没有科考，国家选人的方式是“举孝廉”；1970年以后的大学生，也是举，即推荐，直追两汉，不是孝廉，是工农兵，称“工农兵大学生”，又名“工农兵学员”。直至1977年恢复高考前，全国共有“工农兵大学生”94万人，这些人的学历，不是大本，也非大专，是“大普”。

“大普”，“大学普通班毕业”简称也。

“大普”——等于“工农兵大学生”，专用学历。中国历史上，前、后都没有，就这一拨儿。好记。

百万“大普”，有我老何，沧海一“普”，在河北大学“普”三年。“工农兵”，我夹当中，从农村插队而来：彼时年龄老大，即将扎根，当一辈子“向阳花”（社员）——已有女友，只待生产队中单立一户，没想又进校门。约定，我不当陈世美，你也别担心成秦香莲，洒泪相别燕山路。京东大鼓唱“火红的太阳刚出山，朝霞铺满了半边天。公路上走来了人两个，一个老汉一个青年……”前些天有年轻人问我：“那爹俩不好好走道，弄个扁担又尖又宽干啥？”我说：“那是相声，那大鼓名《送女上大学》，说的就是送我们‘大普’上学。”他问：“开吉普送？”我急了说：“哪有吉普，只有大车……”

1973年我上大学，生产队用送公粮的大车捎到公社。我走，社员又不舍又高兴，说五年啦处得很好，有感情，真舍不得；高兴的是，你走了，省了好几个人口粮。我说我是一个人呀。他们说你娶了媳妇，那哪是一个人？那时缺粮，我去上学，也为生产队做了实实在在的贡献。

时隔八年，再进教室，感慨万千。中文系七三级87人一个大班。特点之一，是同学之间年龄差距大。大的三十好几，孩子爹妈。小的十六七，才明白事。特点之二，是文化基础差距大：有的是原（1966年）老高三、老初三，有的是小学二三年级。特点之三，是个人经历差距大：有的工作多年，有的才离开家没几天。入学后搞了一次测试，教师傻了，这高高低低，怎么教？

那也教，也能教。1973年正值“全面整顿”，大学渐回正轨。河大中文系，原本名重京津。一些德高望重的老教授死里逃生，家留天津，人在保定。平房斗室，煤油小炉。条件极差，但再上得讲台，依然昔日风采。黄绮、雷石榆、谢国捷、高乃昌等，还有一些优秀中青年教师，给我们留下深刻的印象，使我们仰目师长，敬重经典。经他们手新编的教材，都是“穿衣戴帽”——前言是批判文字，内容则是传统文化的精华。撇开“衣帽”读书，是多数“大普”的共识。我本来就喜爱文学，更学得如痴如醉，只盼连“衣帽”都无须有的时代快快到来。

“大普”的待遇，河北省是每月每人8.50元。那时饭菜没啥油水，男生一个月十多元能下来，女生节俭，有的才花六七块，中文系就一个胖子，还是吃激素的后遗症。

可惜，好景不长，1974年春节后，批林批孔开始，运动又接连而来，上课已成断断续续的事。1975年上一届毕业，刮“哪来哪去”风，有典型示范，不要国家分配工作，仍回农村当农民。转年轮到我们，开大会动员，开小会表态。可愁死我了，三年夜长梦多，女友没做秦香莲，做了他人的并蒂莲。再回村里，光棍一个，工分还是每日三角多，如何生活……

放暑假，大地震，再返校，不见了唱高调。一纸分配单，如获至宝，连夜北上，再回承德。又得一纸报到单，出承德市再向北，直抵大佛寺前。看我背着行李拎着脸盆，把门的乐了，说这不收出家的，你的单位在马路对面。进“五七”干校，转天发镰刀一把，进沟里砍棒子、收庄稼，一收到秋风大起，站在山坡上望蓝天，跟在生产队一样，自问：我念了三年书?

背靠古庙，砥砺前行。几年后我突然被提拔了，便有些欢喜，再填表时填大学、大本等，一次一个样。后来组织找我谈话，说你如今已是部门领导了，填表要认真，别瞎填。我说：“我好歹也在大学待三年，总得填个啥。”人家说：“‘工农兵学员’有专门的学历，叫‘大普’”。我想了想问：“管用不？”人家乐了：“管用。”我说：“那行了——山不在高，有仙则灵。学历‘大普’，管用就成！”

当然，日后的前程，还得靠自己一步一个脚印地走。不过，那三年“大普”，还是人生重要的转折点，值得记住。

中秋雪　塞罕月

那还是1994年的中秋节，塞北天高，秋阳明艳，田野里的庄稼散发出成熟的味道。因报道任务紧，而且当时中秋节也不是假日，我带着几名记者从承德市匆匆奔向塞罕坝机械林场。

路况很差，中午才到围场县城，吃了饭下午上坝。站在坝头高处，朝林场方向望去，松柏连天，如雄兵列阵，浓云滚滚，似战鼓催征，好不壮观！车子向前行驶着，忽然就有白沙打在挡风玻璃上哗哗作响，看看又不像沙子，从普吉车窗伸手抓一把，“沙粒”小米般硬硬的，但很快就觉出湿润，不是沙，是雪！

下雪了！停车观望，说时迟那时快，转眼间风卷着雪，雪带着风，天地间一片白茫茫……

这情况，让我印象深刻。作为“老三届”，虽然我也在承德大山里插队，但那县地处长城脚下。在那里，中秋与国庆节这一段时光，是我最喜爱的。此时各种新粮登场，秋果满枝，烤棒子烧豆子，吃得嘴巴乌黑，摘果子，不把牙吃倒（酸）不罢休。

但谁能想到，塞罕坝八月就下雪了！看来，“胡天八月即飞雪”，用在这里也完全合适。到了场部得知，此时下雪并非偶然，这些雪粒在高空中本是雨，由于坝上地势高气温低，接近地面就变成雪粒。我说：“亏了我们来得早，再晚些时，就大雪封山了吧。”他们笑道：“现在封是封不住，冬天我们也要作业，只是路上很危险。”

坝上的天气变化快，将近傍晚，虽然雪粒仍留在脚下不肯化去，为大地铺了一张白宣纸，苍穹却早已深静高远，风息星现，只是并不繁耀，好似知道今夜天上的主角，是那一轮圆月。放眼望去，家属区数排房院在空旷的天地间显得孤单萧瑟，我的心不由地有些发酸——自1962年建场，多少个漫长的冬天，他们就是在这里度过……

从海河之滨落户承德，我来坝上已很多次，但都是暑热时。初始时这里尚无旅游概念，一片原始生态。花草遍野，牛栏泥路，唯有人工种植的万亩松林告诉我，这里有着一批勇士，为了林海，他们献出了青春和力量……

吃过晚饭，我们在招待所的房间里裹着棉被聊天，记者小张说：“社长，咱们与其在这冻着，不如去我舅舅家，他家肯定暖和。”

我惊讶：“你舅舅在这里？”

小张说：“我舅舅从林大一毕业就到这里了。”

我说：“那敢情好，只是我们空手去不合适。”

小张说：“我妈还让我给他捎来二斤月饼，本想明天送去。”

我知道这时也无处去买东西，说：“那就去吧，我也想看看他们是如何过中秋节的。”

家属区并不大，小张也是很久没来，在几户院外转了又转，终于走进一家，还是差了，他舅家在隔壁。

院里堆着柴和杂物，有一条狗，叫了两声，屋里先出来人，小张叫了声“舅妈”。他舅妈揉揉眼，看清是小张，就笑了，声音响亮：“还以为是你舅呢！快进屋，快进屋。”

屋里果然暖和。三间，中间有大灶，灶膛暗红，热气从锅盖缝隙飘出。一张圆桌上，摆着三份碗筷，当中有个盘子，扣着大碗，那是怕菜凉了。西屋里跑出来个中学生模样的女孩，先是好奇地打量我们，然后欢喜地叫小张“哥”，问啥时来的，等等。小张一一作答，又介绍说这是我们承德日报的社长，我们来采访。然后，那女孩就拉小张进里屋接着问这问那。

小张舅妈人高马大，东北口音。她快人快语，说：“你们来得正好，今天是八月十五，他舅一会儿就从分场回来，你们一起喝顿酒。”

我有些尴尬，这么晚人家还没有吃饭，我空着手，怎么好意思还喝人家酒。我让小张留下，要和另外二人回招待所。小张舅妈一下就看透我的心思，说：“我们塞罕坝人过去一个冬天很少见个生人，见了就很亲，尤其是从城里来的，特喜欢听他们讲那儿的新鲜事，要是遇见个老乡，更有说不完的话。现在虽然条件好了，但还是愿意和你们唠唠嗑儿，你看，我老闺女欢喜成啥样，你咋好意思就走呢……”

一下将住了我等，也确实不便走，就坐在东屋聊起来。于是就知小张舅妈是锦州人，毕业于东北林学院，和小张舅舅同年来到塞罕坝，然后俩人相识相恋结婚，有三个孩子。老大两口子也在林场工作，儿媳妇娘家在县城，孩子放在姥姥家，初秋就捎信儿来说孩子不舒服，一直没空去，正赶上过节，二人就请假回去看老人连看孩子。二儿子念书后留在省会石家庄了，老闺女就是西屋的女孩，今年初三，想着高中去承德念，就怕考不上。至于这家的主角，小张的舅舅，眼下是一个分场的场长，平时不回来，说好了今天回家一起过八月十五，却到这会儿也不见人影。

然后就说到这些年林场的变化，我说："十年前来时满地的金莲花和干枝梅随便采。"小张舅妈说："现在得保护了，不然过几年再来就见不到了。"我说："那时招待所就是一排小土房，进屋就是炕。"小张舅母说："你回头看看新建的学校，是楼房，过去我们哪敢想呀……"

不知不觉，月光已从窗户透进来，其间小张舅母出去添了两次火，依然不见小张舅舅回来。后来有人在院外喊："来电话了，分场今晚防火情况紧，不回来了，别傻老婆等汉子了。"小张舅妈说："得了，又空欢喜一场，咱们一块吃吧。"

那哪成，我们就告辞。小张舅妈看留不住我们，忽然悄悄拉了我一下，她说："有件事想麻烦你，不知行不？"

我说："您说。"

她说："我老闺女念高中，你给帮帮忙……"

我没法拒绝："到时候，尽力、尽力吧……"

她说："别尽力，一定帮，一定帮！"

出来，走在坚硬的泥土路上，十五的圆月已高悬在深黛色的夜空中，给塞罕坝的大地抹上一层厚厚的金辉。我想着小张的舅舅，还有许多塞罕坝人此时或许还在林间坚守，他们望着明月，一定正思念心中的亲人……

小张和他的表妹从后面撵上来，手里拎着怀里抱着不少串成一串的干蘑。我说："你们这是干什么。"小张说："是我舅妈送给你们的，没准备，现摘下来。"我说："不能收。"小张表妹把干蘑硬塞给我，说："这是我暑假里采的，一定得收下。"说罢转身跑进月光中。

我很不安，坝上的野生蘑菇价格不低，我嘱咐小张明天一定要付钱。小张笑道："这是他们的一点心意，您无论如何得收下"。我知道他已晓其中之意，不由地生出点异样感觉，坝上人太直了，也不怕强人所难。忽然间，我意识到这里有一个问题："你表妹今年初三，最小也十五岁，生她的时候已经开始计划生育，况且你舅妈年龄那时也不小了。"

小张瞅瞅四下说："也不瞒你们，我这表妹不是我舅妈亲生的，她的父母原都是这场里的，出车祸没了。我舅妈把她带大，并发誓要把她培养成大学生。"

我惊讶，一股惭愧之心从头顶直渗脚底，继而是一种敬佩：博大辽阔的塞罕坝，养育出了多少宽广胸怀。这无边无际的林海，既是对上天告白，又是对人间的表述。忠诚祖国，爱恋大地，乐于坚守，不忘誓言，正是塞罕坝精神闪光之处。

我在塞罕坝十五的月光下行走，脚下是中秋节粒粒白雪。

那一夜，我无眠。

只留清气满乾坤

记得还是上小学，语文书上有一篇《王冕画荷》小文。写的是古时一个叫王冕的孩子，因家贫不能再读书，给隔壁秦老家放牛。王冕聪慧，画池塘里的荷花，只个把月，就画得活灵活现，很多人争相购买，由此也改变了他的家境。

当时很想听老师讲这篇课文，讲了便可知王冕是哪个时代的人，在他身上还发生了哪些事情，但没讲，只让自己阅读。阅读后的感觉，像远观了一幅淡淡的乡村水墨画，幽静青山，水边古柳，牧童短笛，雾里饮烟。再细细地品味，便有打动人的几处文字，如：母亲送王冕去秦老家放牛，替他理理衣服，口里说道："你在此须小心，休惹人说不是。早出晚归，免我悬望。"王冕应诺，母亲含着两眼眼泪去了。还有如：或遇秦家煮些腌鱼、腊肉给他吃，他便拿块荷叶包了来家，递与母亲。

在当时，语文课本里多是充满激情的文字，相比之下，这篇小文的风格就显出了另样，或许，这也是老师不讲的原因吧。我却从中得些收获——对日常生活的描述，原来还可以有这么一种半文半白的文学语言。

精练简洁，耐人咀嚼。多年后我的小说乃至散文随笔语言，都明显地留有这种痕迹。

话说回来，很快读到《儒林外史》，才看第一回，便不由得击掌，原来出处就在这里：《说楔子敷陈大义，借名流隐括全文》。整整一回，作者吴敬梓不惜笔墨，单就讲一个王冕，从小讲起，直至老去。慢慢读来，便知王冕乃元末浙江诸暨县（现为诸暨市）人，七岁丧父，母亲做些针线为活。王冕念书三个年头后，就辍学给人家放牛了。

书中着重描写的，是王冕画画出名后，几次拒绝官府的邀请，头一次是县里头役翟买办，拿着县令的帖子约王冕过去。王冕笑道："却是起动头翁，上覆县主老爷，说王冕乃一介农夫，不敢求见。这尊帖也不敢领。"翟买办变了脸道："老爷将帖请人，谁敢不去！"王冕道："头翁，你有所不知。假如我为了事，老爷拿票子传我，我怎敢不去！如今将帖来请，原是不逼迫我的意思了；我不愿去，老爷也可以相谅。"

二是县令亲自坐着轿子来乡下，到了王冕家门口，只见七八间草屋，一扇白板门紧紧关着。翟买办抢上几步，忙去敲门。敲了一会，里面一个婆婆，拄着拐杖，出来说道："不在家了。从清晨牵牛出去饮水，尚未回来。"翟买办道："老爷亲自在这里传你家儿子说话，怎的慢条斯理！快快说在哪里，我好去传！"那婆婆道："其实不在家了，不知在哪里。"说毕，关着门进去了，弄得县令十分懊恼火悻悻而去。其实，王冕并未走远，回来商量了，索性外出远远躲避。

三是天下大乱大治，有新朝廷遣一员官，捧着诏书，带领许多人，将着彩缎表里，来到秦老门首问道："王冕先生就在这庄上吗？而今皇恩授他咨议参军之职，下官特地捧诏而来。"秦老道："他虽是这里人，只是久矣不知去向了。”那官咨嗟叹息了一回，仍旧捧诏回旨去了。后王冕隐居在会稽山中，得病去世，葬于会稽山下。世人说起王冕，都称他王参军！究竟王冕何曾做过一日官？

当然，上述为吴敬梓艺术加工后的小说文字，真实的王冕大概与此会有些不同。然王冕鄙视权贵，远离官场，隐居山林，这个人生筋骨是没错的，这也是在“千里做官为吃穿”的年代里就难能可贵的。故王冕的诗《墨梅》一直为后人喜爱：“吾家洗砚池头树，个个花开淡墨痕。不要人夸好颜色，只留清气满乾坤。”

我初读语文课本，以为王冕必是最善画荷。后来才知道，王冕一生爱好梅花，种梅、咏梅、画梅。他字元章，号煮石山农，亦号“梅花屋主”。

西　所

当初我在承德第一次听到“西所”这名，心里一惊：天津有西狱所，是监狱。天津人说话“吃字”，过去大人教育孩子：不学好，长大进西（狱）所！承德这里怎么也有西所？后来弄清了，这个西所就俩字，当中没“狱”，西所是山庄内的一处居所。

避暑山庄正宫区有烟波致爽殿，是康熙三十六景之一。1860年，清咸丰帝就在此殿西暖阁的炕几上，批准了丧权辱国的不平等条约，将香港、九龙割给了英国。此时，住在西侧一墙之隔的人，就是后来的慈禧。这个跨院，原是书房，清嘉庆以后改为后妃居所，称西所。东边还有东所，住着慈安。一开始垂帘听政，就是她二人，当然，大主意都是慈禧出。

其实慈禧在西所住时，其主要身份还是懿贵妃。她是1860年八月随咸丰“巡狩”来承德的，直至转年七月咸丰驾崩前，她的身份一直是贵妃。尔后，儿子继位，她才被封为太后，与肃顺等人的权力之争，也由此开始。先前有电视剧《懿贵妃》，很不错，唯一的异议，就是剧名不甚准妥。慈禧是懿贵妃时，咸丰皇帝还在，她与肃顺不要说争斗，连见面都不方便。当了太后，儿子年弱，朝权要紧，隔着帘子跟八大臣较劲，腰板硬就硬在已不是先前的贵妃了。

西所是避暑山庄正宫区的一部分，但又有一道内墙相隔，相对独立。新中国成立后，墙外这一大片房子是热河省和承德市干部的家属院。我的一个朋友的父亲是承德市第一任市长，他小时就住在西所。西所的房子虽非想象中的高大气派，但三大间一组，有前廊与正宫相连，院内花草幽香，应该说是一处相当不错的居所。但西所给我朋友留下的印象不好，他说那院房子阴气重，他父亲枪林弹雨都过来了，可住进西所不久，就病故了，才四十多岁。

早先参观山庄正宫区时，没有西所标识，只有小门，说那边是慈禧住的地方，看不看无所谓。跟电视剧有关，后来就标明了，而且倍受游人关注。不过，倘若问慈禧，对曾经住过一年的这地方有何感想，回答应该是肯定的——此乃她的伤心之地，她是绝不想再看一眼的。

回想辛酉年的初夏，山庄景色依然美丽，但懿贵妃已无心观赏。英法联军虽然离开京师，但奇耻大辱令咸丰精神萎靡，身体渐颓，乃至一命呜呼。肃顺弄权，根本没把她放在眼里，与肃顺争斗又屡屡受挫。尽管与恭亲王定下计谋，然一切还在运筹中，此时的慈禧，外无军队可调，内无谋士可商，每天议事后，也只能回到西所，在一院的花草暗影中，把怒气暗暗咽下。此时小皇帝6岁，慈禧27岁，与肃顺等人相比，西所的气势显然弱了很多。人们往往同情弱者，描写这段往事，在尊重史实时，心里的天平往西所有些倾斜，也是难免的。

而此时，与避暑山庄相距不远的地方，有一处府邸正在修建中。这座大院占地数十亩，内部房屋高大气派，这就是肃顺府。肃顺当时甚受咸丰皇帝器重，权倾朝野，他拖延返京之程，或许还想在承德的新府邸住上几日吧。但他绝没想到时年才三十一岁的咸丰会突然病亡，一切谋划都随着梓宫返京而成了泡影。

当肃顺于菜市口人头落地，便又有人想起肃顺也曾是个有着丰富行政经验的官员。他深知满人的无能，根本无法应对日益深重的王朝危机，曾经说：满人暮气深，非重用汉人不可。还说满人不能为国家出力，唯知要钱。曾国藩等一批汉人官员被重用，就与肃顺有极大关系。

往事如烟，如今西所尚在，成为一处景点。肃顺府在城市改造中变成一处中式楼阁，落成后有烤鸭店红火一时，后来黄了，只留下一块肃顺府大街的路牌。

1861年慈禧返京后年底下了两道旨：一是避暑山庄里所有基建项目，停；二是尚未完工的肃顺府，抄。

插队旧事

锣鼓与泪水

在我记忆里，天津“老三届”第一次成火车皮地上山下乡，是1968年夏天。那批是以哪个学校为主，不知道，只知道是去内蒙古的通辽，有我们班两个同学，大家去东站送行。

站台里红旗招展，锣鼓喧天，紧挨着车厢搭了个台，有不少人在上面发言喊口号，都激动得不行。一女学生扎俩小辫，突然咬手指，转身写了好一阵，举起一张挺大的纸，上写：到祖国最艰苦的地方去！血红点点，触目惊心。

那女生我见过，十六中的，天天上学从我家门前过。看去挺文弱的，没想到如此悍烈。我想看看她的手指：这么多血，不会咬掉一截吧？

有点可怕，起紧挤出人群。天很热，站台上气氛更热，同学和同学，家长和孩子，都在不停地说呀笑呀，弄得我也激动了，心想早晚得走，真不如跟这拨儿走，挺荣光呀……

往下我得说实话——当汽笛长鸣，车轮启动，分别的时刻真的到了，也不知哪位母亲“哇”地哭了，大声喊女儿的名字。连锁反应，顿时，哭声、喊声一片，敞开的车窗上下不知多少只手紧抓不放，车站工作人员急得跺脚，使劲拽，不拽就把人拎走了。火车远去，站台上随处可见瘫坐的和被搀扶的，红旗锣鼓不见踪影。

我又害怕，这是光荣的时刻，怎么能流泪呢？我想等我走时绝对不哭，没准还有一点点庆幸——那几年，我家“客人”不断，可惜都是外调的。说是外调，其实是逼我父亲承认他昔日同人有历史问题，一旦客人走了，街道又来找麻烦。我爸我妈说：“不用号召，让你下乡你就走，省着在家遭罪。”

于是，我就与很多同学不一样，我不大想去哪里，只想一走了之。不过，毕竟是少年，也羡慕在边疆持枪站岗，在草原上跃马扬鞭，起码在东站也戴个大红花……

过两天到黄家花园买小豆冰棍，挤出来，看一女生好面熟：这不是火车站写血书的！手指光溜，我说：“你没走呀？咬哪儿出那些血？”她瞅瞅周边小声说：“是红墨水。”就跑没影了。

真没劲，也太低估我们的觉悟了。冬天，“知识青年到农村去”最高指示发表，哪都甭咬，踊跃报名，自觉销户口。正月十一，起大早去东站，我还有点小兴奋，如果有人给我戴红花，让我在锣鼓红旗下讲话，我该说句什么？

天还黑着，有人在候车室发车票，进站台，就是去秦皇岛的慢车，别的啥都没有。上车朝下看，老爸站在人群后朝我挥挥手，我想激动一下，也没激动起来。

车动了，同学们还在打闹，徐宏属牛，比我们大一岁，他身子往外探，我用车窗压他，他嗖地缩进来，头上的新棉帽子却掉下去。喊扔上来，来不及，见站台上有人捡起放在后边车门下，但车门打不开。好久，到了一个小站，停二分钟，同学陆卫生从车窗跳下，拿回帽子又爬上来。我很感谢他，要不我得赔。

这么一折腾，把别的事都忘了，也不错。有乘客说这帮傻小子，还挺高兴。我说高兴比难受强，别自找难受。其实，家里就剩下老爸老妈，心里也不是很好受。

丘陵与大山

当初在三十四中主楼大教室，接我们的青龙县干部叫林海青，长脸大耳，说青龙瓜果满山，有同学问是丘陵还是大山，林很严肃地说："丘陵。"

从秦皇岛坐解放牌大敞车往北行，过长城天就黑了，冷，都蒙上脸挤一起。转得五迷三道，沿途放下三个公社的同学，我们最后，往车下一跳，都滚到沟里。还好，没水，爬上来见到点灯亮，是大车店，睡大炕，转天早上到外边一看，我的天呀！四下铁桶阵般大山，有同学说："这是哪国的丘陵？"

林海青底气十足说："我说是丘陵就是丘陵。"

有人小声说："你应该说是平原。"

林海青大耳朵挺好使，说："没错，大巫岚，这就是青龙的平原，知足吧，没让你们去深山沟。"

平心而论，他说的不假。大巫岚公社，是全县最开阔的地方，包括那三个公社——三间房、龙王庙、木头凳，都在全县唯一的一条通往外界的公路上，看来人家还是拿出最好的地方安置我们。只能说我们长那么大，从未凌绝顶，故一览山好大！

我们六男四女分到距公社八里地的和平庄。和平庄五个生产队，平均分一队俩。都要女知青，大队革委会主任说："那他娘的咋办？抓阄吧。"当我们面抓。二队、三队抓了女的，欢天喜地带人走了。剩下陆卫生去一队，徐宏和藤山虎去四队，我和支忠信去五队。社员好奇地问："你姓支？"支忠信说："《百家姓》里有'虞万支柯'。"社员说："一万支歌？也得喝粥。"五队最穷，干一天三毛钱。

转天从生产队借驴去公社粮站买口粮。三十四中男女分班，四个女生面熟没说过话，如今在一个村，咋也得道个名姓。村口见面，十个人五头驴，人好一阵也没说到一块，驴一见面就又亲热又啃又踢。也不明白，买粮回来，驴都"疯"了。生产队长找来说："几个队的驴在一块儿来着？"

我说："在一块儿。"

队长跺脚说："完啦完啦！四队都是叫驴，咱队是草驴，小骡子要没戏……"

后来才明白——每队的驴都是一个性别。叫驴即公驴，草驴即母驴。母驴和马交配生骡子值钱，和驴交配生驴不值钱。平时叫驴、草驴都到不了一块，我们哪知道这些。

此事让全村人狠狠地嘲笑了我们一把，连十来岁的小孩都说："你们咋连这都不懂，一个驴往另一个驴身上骑，那是干啥？"

女知青说："是累了，让它背着呗。"

完，又露一大怯！

干活，除了挑粪还是挑粪，往山上挑。一天下来，肩膀红肿。转天再挑，针扎似的，都坚持着。支忠信体型属于偏瘦弱的，那也不落后，有一天他挑着担子从梯田坎上摔下，起来照样接着干。社员都说“好样的”，对我们刮目相看，彼此关系也越来越好。

那时农村正搞阶级复议，白天干活，晚上开会，按新中国成立前三年经济状况重新确定成分。开会前，先把队里地富叫出来，低一阵头，说认罪，然后撵下来挤一起抽烟。五队穷，就一户地主，俩老的，几个小的，小的比我们还小，我问：“你也是地主？”他说：“是，成分是地主，就辈辈是地主。”我说：“这不对吧？”他说：“对着呢，要不老的死了，阶级敌人不就没了，没了敌人，咋年年讲月月讲天天讲？”

好像是那么个逻辑。我也被他说糊涂了。

稀粥与油粥

村里的社员对我们知青的到来还是友善的，但不敢说从内心欢迎，因为我们去了，有个跟他们争口粮的实际问题。

我一直认为，我们是标准的“插队落户”：两人排队加塞似的，硬插进一个生产队，小队会计给立一户，自己做饭、打柴、种自留地，当年十月，粮站停供，自己拿口袋上场分新粮，和社员完全一样。

包括住房，很短的时间，五队将村边仓库隔出两间，装上门窗，我俩就搬过去。一队陆卫生的住房是五保户的，五保户没了归他俩。四队后来藤山虎妹妹也来插队，生产队盖了三间房。

为什么会是这样呢？原因就在于，连社员带我们自己，都认定我们这辈子就是这村里的人了。住社员家，啥时是个头？再者，国家给了安家费，一人750元，上面又检查落实。所以，为啥抢女知青——女的将来会结婚走人，男的不行，娶媳妇生孩子，又添了吃粮的嘴。

要说和社员不一样，也有，就是人家下地回家进院，狗迎鸡跳，屋里有女人孩子，锅里有热汤热饭。我们不行，两个光棍，进家冷屋凉灶，除了老鼠没别的活物，再累，也得烧火做饭，有时太累，进屋一躺睡着了，等到敲钟下地，只能抓点什么吃的就走。这等光景，弄得连社员都看不下去，偶尔就让孩子送来几个热红薯，曾经的房东也常让孩子招呼我们过去吃一顿。

这是怎么回事？没别的，就是口粮少。青龙山多地少，和平庄一人才一亩多地，交了公粮，不管大人小孩，平均口粮一年带皮360斤。“带皮”即高粱、谷子带壳上秤，去了皮（糠）也就是300斤，所以这里的饭是以稀粥为主，有顺口溜为证：一进青龙门，稀粥两大盆。盆里映着碗，碗里照着人。绝不是夸张或糟践人。晚上喝稀小米粥，油灯影影绰绰的光，真的是映着碗照着人。端起来未喝时，碗里能照出下巴是有胡子还是没胡子。

男知青的日子大多不好过。社员家孩子多，一个小脑袋360，我脑袋大，绰号大头，也360。我俩都是好劳力，肚里没油水，一顿吃个斤八两没问题，那点口粮哪能够。要说青龙离天津说不很远，但那时谁敢往回背粮食，顶多带几斤挂面送人。

有一天午后下雨，几个男生过来闲聊。那时我们两间屋没隔断，灶台连炕，有半截小墙挡着，怕半夜翻身人掉锅里。天黑下来了，点着灯，我煮小米粥，熟了，掀了锅盖，不料炕上谁一起来，“叭”地一下把油灯碰掉到锅里，顿时满屋都是煤油味。

那也得吃，不吃没别的可吃。捞出油灯，亏了是最原始的那种，没有玻璃罩，否则有玻璃渣子就没法吃了。

徐宏说："油比水轻。"把上层撇出去，每人一碗，支忠信说："别喘气就吃不出煤油味。"藤山虎说："往嘴里倒就是了。"还真管用，都仰着脖子往里倒往下咽，忽然陆卫生嚼了起来，问："粥里放萝卜条了？"

我说："没有。"

陆卫生从嘴里拽出一根长条："这是啥？"

是灯捻！

齐粮与吃羊

时间长了，我们就把自己认定是和平庄的社员。劳动虽累，乐趣也有。秋天，羊肥了，社员整天围着队长说"打正月到现在也没见啥荤腥，改善一回吧"。队长被纠缠烦了，说"那就吃一顿"，全队欢呼，过年一般。

打平吃羊。打平，即费用平均摊，从工分里扣。吃羊，即宰几只羊，只限男劳力吃。在饲养室院里垒灶，几位年老的社员杀羊，很面善地念："羊啊羊啊你莫怪，你本是人间阳世一道菜。""噗"，一刀子捅下去，下面有个盆放些盐，接血，使劲用筷子搅，不凝。

支忠信去了贫宣队，剩下我自己。那天队长派我去"齐粮"。"齐"就是敛和收的意思，即挨家统计去几人吃，然后交几个人的高粱米，一人一碗。必须交，不能说我去了就吃羊肉，那不行，你一人还不得吃半只呀！

可别小瞧这一碗米，新粮没上场，有的就拿不出来。我牵个驴，驴背上搭着口袋，走去一圈，挺难的。有的要去爷仨，但只有两碗，有的一人，从柜底刮出半碗。妇女说："那个何学生，你给想想办法呗。"我想办法还是有的，就满口应下，我还有半袋高粱米。任务完成，队长夸我："行啊，还以为敛不上来。"

然后我就搭下手，烧火或干点啥。羊肉的香味渐渐飘散开，半村的小孩子都来了，墙头上一溜小脑袋，使劲吸鼻子，猪狗在门口跃跃欲试。我真想给孩子拿块哪怕带一点肉的骨头，但老社员连孙子喊都不回头，我也就明白，不能坏了规矩。

晚霞当空，男劳力如一群狼，卷着黄土奔回村。不过，到家后又冷静下来，洗洗手脸，女人已备好就餐用具——炕桌、小凳、碗筷，还有两小瓦盆，然后爷几个或哥几个，才慢慢地出门，并表现出沉稳。姑娘、媳妇、孩子都在街上瞅，走急了，会让人嘲笑没出息。即便如此，也难免被喊："小心撑拉稀……"

五队二十六户人家，男劳力四十多人。饲养室三间屋，草料归拢一边，把炕桌连起来，对坐两排，比开会还严肃，静静的。先上饭，再上菜，第一道羊血羹。似鸡蛋羹，暗红，上面浮着一层油。吃时要注意，很热，有人就烫得龇牙咧嘴，嗓子眼粗的直接下去了，就热到心口（胃），揉揉说"妈亲，妈亲……"（我的妈呀！）。

羊血羹拌饭，也好吃，呼呼地往嘴里扒。吃上一碗多，第二道菜上来，是羊杂汤，即羊下货，剁碎，带汤。这就有干货了，需要捞，需要嚼。几十个人一个动作——摇动腮帮，甭管烂与不烂，都要在这一嘴钢牙中走上一遭。只可怜年老牙口不好的，嚼了几口，又去喝羊血羹。

千呼万唤，最让人期待的炖羊肉终于登场了。核桃大的肉块子，方的、圆的、菱形的，纯白油的、带白油的、全瘦的，裹着汤水展现在人们面前。个个眼珠子都圆了，这块才放到嘴里，筷子又夹上另一块。汗珠从额头淌下，顾不上擦，小凳歪倒，就蹲着吃。整个饲养室只有唰唰咀嚼的声音，直把我惊呆了——多么可爱的社员啊，他们太渴望吃上一顿肉和干饭了……

停！停!

队长喊了两声，就两声，如同铡刀落下，一切立马打住，没人再动一筷子。因为，往下还有一项，关系到全队的老婆孩子：每家一人，两个瓦盒，依次走到几个大锅前，由德高望重的长者掌勺，分余下的饭菜。按来的人头分，但也不较真，有就来一个大人，家里还有孩子一大帮呢，也罢，就多给他两勺子肉汤，也没人说什么。

散了，门外早已等得火烧火燎，半大孩子捧着盆往家跑，家里红薯稀粥已在锅里热着，有了这些好嚼咕（好吃的）就是全家人难得的一顿盛宴……

广播与惊魂

我们村知青安心劳动表现很好，徐宏当了老师，支忠信在贫宣队，藤山虎、陆卫生都在大队学大寨专业队。我给县电台写稿，转年夏天公社建广播站，抽我去。写稿，值机，广播，就我一人。每天补助五角，吃公社食堂，隔几天能吃一次烙饼，放油的，很香。

我没想到一下子就脱了产，跟公社干部在一起。同学们来赶集，都羡慕我。我写稿在行，还爱帮伙房师傅烧火烙饼。当然也有私心，给自己留个油大点的。但对收音机、配电盘等，就是钻不进去。到公社一个月了，工作不错，屡受镶一口银牙的霍秘书表扬。那时公社干部都下乡，霍秘书就是领导，还和我聊几句，说好好干，将来正式调你到公社来。那时连“选调”这个词都没有，我能有这前景，做梦都不敢想。

晚上开全公社18个大队战备会，武装部长讲话，用三相收音机串联各大队电话（小喇叭）。三相收音机扩音时不收音，我把麦克插上，戴耳机通过交换台监听，然后部长开讲，我坐在小炕里，很轻松，这样的会开过好几次了。

但这一次出事了。部长才讲一小会，我就听到音乐声，我奇怪，哪来的呢？突然就有播音员说“莫斯科广播电台，现在对中国听众进行广播”，连说两遍。然后就听下面各队乱了，说“敌台敌台”。我反应极快，猛扑过去拽出麦克风插头，收音机里顿时冒出那方的声音……

重大政治事故！立即上报县革委政治部。转天一早公安局吉普来了，我被问话后，关在屋里不许出来。我想完了，才下的通报，邻县一公社广播站人员，也这事，判了六年；那天赶上伙房烙饼，看来吃不上了。

到了中午，门开了，霍秘书大声说：已查清，是机器故障，你回村里去吧。我长出口气，小声说：“能不能吃了饼再走……”霍秘书给我使个眼色，咬着银牙低声说：“还吃饼，再不走就走不了啦。”

我明白了，卷起铺盖狼窜狗跳般往村子方向跑。八里地，跑出四里，又饿又渴，见一大叔挑水过来，我说让我喝口行吗，他说给牲口喝的，我说没事，把头伸进去就咕嘟咕嘟喝，喝饱了说声谢接着走，就听大叔说：“赶上饮驴啦。”

往下我又接着当社员，前后干了五年。后来支忠信、陆卫生回了天津，藤山虎和妹妹的父亲是日本人，他们都去了日本。最可惜的是徐宏，多才多艺，转正调到县城小学，不久得了白血病，治了一年，走了。

我上大学毕业，又被分回承德，找了当地的对象，成家，有个女儿。我哥一个孩，老妈让我再生个儿子，赶上号召生一个孩，我就没报。过一阵，领导找我，我说："不是号召吗？"他说："你是真傻还是装傻？"我说："真傻。"他说："那就别傻赶紧报。"报了，去要奖品，一个被罩一个暖瓶。后勤说："没有啦，谁让你报晚了。"我说："报晚了我爱人也带（环）了。"他们说："带就带了呗。"回家一说，爱人埋怨："儿子没得上，还白搭了被罩和暖瓶。"

那时挣得少，这两样，正经是个东西呢！当然，这个结尾，属插队后传，目的是让大家看到最后轻松一下，没别的意思。

明月几时有

“明月几时有，把酒问青天。”苏轼写这首《水调歌头》时，在山东密州即今日潍坊当知州。密州的中秋正是不凉不热的时节，人们一定会在院里或在亭间，抬头观明月，把酒问青天。

八月十五的圆月，以刚刚升起时为最美。又大又圆，且又临近，望去好像就在街那头，就在河那边，紧跑几步，就能脚踩金辉一跃而入。想想远方的亲人此时亦在这月前，何不同来月中一见！虽终不能成行，但思绪已成，飞上琼楼玉宇，转落朱阁绮户，再回到这不眠之夜，把酒遥祝，千里共婵娟。

塞北就不比潍坊了，中秋夜晚天气已渐寒凉。如今家人、朋友相聚，又多在饭店，雅间少有明窗，很难“把酒问青天”。倘若心血来潮，举一杯酒上街头，容易让人当成醉汉。若让店家追回，问谁买单，也大失颜面。想一想，唯有在自己家中才好办到，只是老妻怵头洗碗，已多年不在家请客。去岁中秋，我早早备下酒菜于窗前，只待圆月升起，与老妻同饮几杯。

说来我也是大意了，眼见窗外暮色泛光，月辉已将远山近舍涂抹得明明暗暗，却又难觅嫦娥真貌——楼群如林，遮挡东南。当然，若再等上一个时辰，月上中空，云伴冰轮，却也不失雅兴。然从窗前往下一望，我心动了：

我家楼前是一片宽敞工地，春夏以来开槽施工，此时已完成地下部分。从挖土方看起，我才知建一座高楼实属不易。地基深固，防水严密，钢筋为骨，水泥铸形。施工者从晨至晚不停地劳作，一旁简易楼、棚，三点一线——宿舍、食堂、工地，再工地、食堂、宿舍。平时只听机械响，不闻人喧声。

那晚不然，月光下又是另一番景象：空地上摆了数张圆桌，桌上酒菜齐全，众人们围坐一圈，分明是在聚餐共度中秋。

我要寻月，我欲对饮。不由地悄悄下楼，姗姗向他们靠近。因我平日时常来工地旁看，又爱与人搭话，一来二去就不面生。他们中有位架子工小刘喜读书，看过我的作品，更显亲热。而此时小刘就迎上来，我假装客气说才吃过，脚下却朝那厢使劲。我晓得，只要往桌前一坐，就皆是朋友。婚宴走差了都照样吃，何况已是多半年的近邻。

高楼未起，一马平川。月升东方，金黄圆润。秋风不起，难得怡人。我很兴奋，这里果然是观月佳地，同桌工匠，个个面相忠厚。他们多数为中青年人，鲜有老少，想必是家小不随身边。我本以为赏月饮酒必然喧哗，然这里却是静静的。啤酒瓶敞口淌着白色气沫，多数人却默默吃饭并不举杯。我反客为主，说："大家怎么不喝酒呀？"有人说："明天一早还有急活要干，还是早点休息吧。"

小刘说："听过苏轼的'明月几时有'吗？"

工友甲说："几时有？八月十五才有呗。这享受，哪能天天有？"

工友乙说："一年有一回足够，何况平时的伙食也不错。"

小刘又问："知道'把酒问青天'吗？"

工友丙说："问青天？还是问人间，何似在人间嘛！"

我说："你很熟悉这首词嘛。"

丙笑道："念过。也是实情，哪也没有我家乡好呀！才通了电话，全家人都在一起乐呵呢！我得回宿舍跟他们通视频去了。"

工友甲对我说："搞'美丽乡村'，他家住上了新楼，美得很！"

工友乙说："我儿子刚发来照片，我们村的月亮比这还大还圆。"

冰轮初悬，苍穹清透。时间不大，桌前就剩下小刘和我。不过，我一点也不觉得冷清，相反，心潮澎湃，我说："是啊，明月几时有，何似在人间，举杯吧……"

小刘说："但愿人长久，千里共婵娟。干！"

手机响起来，看一眼，小刘火燎似的跳起来："对不起，我对象来电话了！讲好的，今晚对着月亮要把电池说光……"

我醉了。

课外班

中小学生课外班（辅导班、补习班、学习班等）不是现在才有，早就有。早先小学校条件差，两个班使一个教室，上半天课。那半天也不能撒鹰，要几个人成立一个学习小组，在谁家一块写作业。后来发现一块写作业等于一块玩，玩得更欢，就出新招——办课外班。找个地方，请位辅导员，连辅导带监督，跟正式上课差不多。

办课外班一开始是自愿的，因为要交钱。记得我上四年级时是每月五毛，但有生活困难的也不愿拿。到五六年级，面临升初中，学校考虑到升学率（那时考不上中学的很多），就要求必须参加，一月一元，特困难的免了。反正一群羊多一个也放，少一个也放。

但有一条红线是：在编的正式教师不能兼辅导员，下午没课闲着，也不行，而且也不能现身辅导班。有半学期，我们课外班的地方（租房）和班主任家一个楼，为避嫌，班主任早走晚归，从不与我们碰面。他上课讲的什么，辅导员不知道，下午我们做作业，辅导员也做，做完了我们哪不懂，他给讲。

辅导员起码都是高中生或大学生。我经过三位辅导员：一个是高考没考上理想学校，等来年再考，其间出来挣点钱；另二位都是在校大学生患病休学，治好了，还要在家养一阵，闲着也难受，就来当辅导员。

至于收入，我们班56人，六人免费，50人就是50元，除去房租（没有水电，厕所去街上公共的），可能还得给学校交点管理费，每月估计辅导员能得三十多元。

课外班不占星期天，班主任和学校老师干待着，也不挣工资以外的钱。当然，这和那时的大气候有关。老师在课堂上尽力教好，觉得那是自己的本分，不能像师傅教徒弟，留一手。至于从学生身上打钱的主意，更不可能。若想一想，自己都脸红，也害怕，犯错误。

岁月不居，往事如烟。知识就是财富，现在老师挣点学生的钱，也是可以理解的，当家长的，为孩子有些付出，也是应该的。只是，别挣得太过。尤其在有许多明令禁止的情况下，依然我行我素，就大不应该了。

我一个忘年交，两口子都是从乡下上学走出来的，家境一般。男的当干部，女的当老师。数年不见，男的开好车，家里住新楼。我还担心他犯错误，他说实话，这钱都是他爱人挣的。我很惊讶，怎么可能呢？后来我也有所了解，是真的。

以一个班50人为例，开学后课主任（数学教师）告之：每星期天两小时课外班，讲课上不讲的题，每人500元。半学期，2.5万元到手，全学年5万。还有寒暑假，各二十天，每期每人1000，10万。一年15万，去了开销十多万没问题。

当下课外班两大类：一类是社会办的，一类是教师偷着办的。前者是愿者上钩，后者是必须咬钩。教师致富的方法一是自己办，二是自己办兼外教，快速致富则是自己办与社会办（或入股）相结合。

对教师是不能批评的，我也不敢批评。但说说办课外班的实情总可以吧，而且这已不是秘密，报纸、电台、电视台都对这类事给予报道，明确要求改变这种现状。

现在干什么，都比不上挣孩子的钱来得快，来得多！

但人家也不容易，比如为办课办班，把过去地下工作者的方法都得用上。对付教育纪检暗访——星期天去课外班，讲明不许穿校服，不许三人以上同行。遇见生人，就说去同学家玩。如遇跟踪，方法一进超市甩掉，二进小巷绕掉，三进厕所等掉，最后还不行，报110，说有坏人尾随。总之，不能暴露办班地点。

对付校内检查——选班里口才、作文最好者数名，编好词，提前预习，说老师从来不办课外班，总是在班堂上把知识讲透。凡脸红或结巴者淘汰。有两个学生总笑，不能自控，明天检查，放假，回家笑吧，原因，口腔炎……

有人说："老何你都从哪听来的？"我还用听："我外孙今年上高中，从小学一年级到初三，都在我家。不光交钱，老师还通过我外孙白要走我不少字呢，那都是钱！我还不敢不给。"

对啦，我说的都是两年前的事，而且，也不是天津的事，天津没这事。我们这里现在也好了，真的。

“住地方”

“住地方”，东北方言，即从小去买卖家做学徒、当店员。

话说辽东半岛，那是个美丽富庶的地方，有平川，有山岭，有河流，有大海。盖州市位于渤海湾西岸，那里西汉时置平郭县，金设盖州，又名盖平。明代设盖州卫，清康熙三年（1664年）复改县。1965年称盖县。二十世纪九十年代初，我在鞍山参加笔会，游览途中过一集镇，见路标写着盖县，不由心头一惊，忙仔细四下看，却也没有什么别样感觉，同是天下城郭。车走远，我的心却仍在那里游荡——从上小学开始，先是家长为我填入学表，到后来自己填各种表，在籍贯一栏，我都要写：辽宁省盖平县。

原来，这是我的老家！我出生在天津市，但天津不是我的“老家”，我的老家就是这个曾称盖平如今称盖州的地方。具体说来，这是我父母以及我大姐、二姐的出生地。我父母有六个孩子，前五个是女孩，我是唯一的男孩，老六。按理说发生在他们身上的那些往事离我太遥远，而且在二十世纪改革开放之前，年龄大的人，如果没有光荣历史，一般都忌讳谈自己的往事。还好，我的母亲是一位地道的家庭主妇，光荣与否与她无关，她又心大直率，在我小的时候，母亲一有空闲，就盘腿坐在床上，抽起小烟袋，说起她当姑娘、做媳妇时的事。于是，我也就有机会了解一些当年“老家”的生活……

父亲是属羊的，旧历三月生。俗语说“三月羊，跑断肠”，这话在别的人身上可能不准，在我父亲身上，很准。尽管没有跑断肠，但他确实很辛苦地忙碌了一辈子，结果却很不如人意。

在我家的户口本，父亲是1906年初春出生的。我查了，不对，那年是马年。我想这是他自己或长辈把他的年龄往大报了一岁。父亲是1921年离家外出“住地方”的，实际年龄14岁，在乡下讲就是15岁。往下到了填表的年代，他也就认定自己是1906年出生。或者他也觉得属羊的命苦，有意与属马的上靠。这事我母亲不会记错，当初姥爷就因我父亲是属羊的，曾一度不同意这门婚事。

父亲填学历一栏，写“三年冬学”。顾名思义，就是念了三个冬天的书。在“文革”运动中，我多次帮父亲抄写他的“思想汇报”，开头总要有简历，其中必提“冬学”。父亲写一手很好的毛笔字，行楷，写得既快又清楚；打算盘行云流水。我问：“难道您就念了那么点书？”父亲说：“不假，春夏秋季地里有活要干，只是冬天闲了，才请个先生，让何家的男孩子念念书，而且不像其他私塾学《三字经》《百家姓》，主要是围绕着记账认些字，特别是学好打算盘。”

这是什么学校，财会专业学校？后来渐渐听明白了，我们老何家是汉族，最早是从山东来到东北的。大概到了清末民初时，这个家族几经摸索，就形成了一条固定的谋生路径，即所有的男性，从小就出去“住地方”。

"住地方"是东北话里对到商家学徒的称谓。"住地方"，就是"住"到人家的"地方"去，很形象、准确。去了先当最低等小店员，然后到一般店员，有些资历了可称职员，再熬下去，可能让你单独主持一分店，变成掌柜的。我爷爷那一辈，当过掌柜的不少。

我父亲是1921年过了正月十五，随一个叔辈去了大连，在一家益发合的商号"住地方"。往下在大连一"住"17年，1938年被派到益发合四平粮油加工厂当掌柜的，时兴的称谓叫厂长。十年后，再与20多位同人奔了天津市，又过两年，我就在天津海河旁的水阁医院出生了。如此说，是不是简要明了？

当年，我爷爷"住地方"在铁岭，我大伯在沈阳，三叔在哈尔滨，从我太爷那排起，何家"住地方"的人几乎遍布东北……那时东北商家用人多是这样：过年了长辈们回家来，拜了年吃团圆饭，就唠事，说谁谁也大了，也学了几年冬学，就跟你三叔或二大爷去哪哪吧。这就定了，过了正月十五跟着走，到那长辈作保，人就交给店里，管吃住，三年不给薪水。三年后就能挣钱养家了。

费了很大劲，我终于查清，我父亲的老家叫二道河子村，当年归盖平，如今已划归大石桥市，是博罗铺镇下的一个村。在二道河子村，老何家是一大户，有房子，但没什么土地。他们也不愿种地，以致后来土改时定成分以新中国成立前三年经济条件为标准，因为没有地的原因，多数还定为贫农。我母亲讲，她22岁过门子，各房的媳妇孩子一切用度，都是各自老爷们儿定时从买卖家汇来。这种生活方式，在当时的东北乡村并不多见。

民国初年以后的东北，有一段时期经济发展很快。益发合是由河北乐亭人开的，历史上称"呔帮"，还有泰发合、东发合，其中益发合做得最大，分店遍布关内外，后被认定为民族资产。因为这个买卖经历过日伪时期，故定为“民族资产”很重要，抗战胜利后，凡沾“敌伪产”的都被没收，而益发合没有。对这一点，“文革”中我父亲已无工作在家，街道上一些戴红袖标的大妈们不明白也不想明白，她们认为东北人在1945年之前，要么是抗联，要么就是汉奸，对此父亲不敢反驳。没人时，他跟我说哪有那么绝对，好几千万东北人，像他这样的要谋生的是大多数……

父亲是个平常人，平常人活着就要谋生，“住地方”是一种谋生方式。益发合主要做粮油生意。东北的大豆从大连装船海运到天津、山东、江浙，再运回布匹、茶叶等东北缺少的东西。货物从码头仓库出库入库，需要有人查点登记。父亲一开始是跟着旁人干这活，干了三年。从住处到码头没有交通工具，冬天，大连不冻港照样营运。海风很猛很凉，穿一件旧棉袍，用袖子挡着脸一天不落地奔来奔去。一个十几岁的少年，就是这样开始了他的生活之路。他也只能这样，他觉得很正常，和他同样的还有一帮师兄弟，大家都如此。

我曾以为自己很明白，问：“你怎么不参加抗联打鬼子？”父亲苦笑道：“小鬼子占东北，都是我住地方十年以后的事，那时你大姐都一岁了……”他记得很准，我大姐也属羊，是1931年出生的。我母亲常磨叨：“我是22岁过门，23岁添你大姐。”我母亲属猴，1908年出生。她的家距二道河子有三十多里，是一个山村，叫小卧龙岗。名字很好听，但没有小诸葛亮。

母亲有一个哥哥和一个妹妹。我大舅在“文革”期间曾给来信，信中最重要的是说家里定的成分是贫农，母亲为此很高兴。但从我母亲讲的往事，我曾有过疑问，因为我大舅自小一条腿有疾，是个瘸子，我姥爷很早就给他说了媳妇，也可以说是童养媳，然后她就和我母亲一起操劳家里家外的事。母亲说因为家里没有壮男人，在村里受气，连狗都挨欺，气急了，她们姐仨就拿棒子帮着狗打架。虽然我大舅有残疾，但舅母是健全人，而且模样也很周正，养了两个儿子。由此我觉得我姥爷家不像是贫农。还有一件事，是为了长久之计，我姥爷在博罗铺的镇上还为我大舅开了一家皮铺。这皮铺不是卖皮子，是熟皮子。要知道熟皮子是很累的活，姥爷年纪大，大舅干不了，就得雇伙计，也就是雇工，与乡下雇长工、短工是一样的。但后来又知道，皮铺没开几年就黄了，坐吃山空，到了新中国成立前三年，姥爷家的日子已日落西山。不料定成分恰恰又以这三年为据，于是大舅得了个好成分，其后人还有参军的，可见成分不假。

成分的事太复杂了，我因父亲的成分做了毛病，很多年里一提成分、出身，肚子就疼。还是说点愉快的事吧：如同所有青年女子，我母亲过门后很是想家，但上有公婆下有小叔小姑，一大摊子活，不是想回就回的。而一旦有了机会，心情就跟将要过年一般。从二道河子往南行，先是平坦的土道，人多车多尘土飞扬。母亲不喜欢，这哪有小卧龙岗好？那里有山有水，像一幅画似的清新安静。母亲虽是小脚，但年轻小脚女子走起路来也是飞快的。不过，新媳妇回家还是要雇车，不然婆家就没了面子。

雇车雇到博罗铺自家的皮铺。皮铺临街，三间门脸后是大院，院里有许多大缸泡着牛皮。牛皮如何熟，母亲不关心，母亲关心的是从牛皮上剔下来的那些筋头巴脑炖得烂不烂，更关心家里谁来迎自己，又有些什么新鲜事等着自己知道。那年代没有电话，但信息也是畅通的。姥爷和大舅平时住在铺子里，这时嫂子和妹子会从家赶来。大锅里冒着热气，院子里弥漫着肉香。进院见过父亲、哥哥，就忙和嫂子、妹妹钻进屋里说那些憋在肚子里说不完的话。

吃饱了，把往家捎的东西放在驴背上，姐三个又回到少女时代，说笑打闹着往家走。前方的路渐有上坡，山口显现，青草漫坡，行将进去，人就在两山之中，四下里静静的，顿时又回到魂牵梦绕的地方。小卧龙岗的家在高岗上，前有小河后有树林，院墙内外有梨树枣树好多树，大黄狗欢蹦过来，姥姥把着门框，已经望了很久很久……

母亲讲姥姥家的事没完没了，但不能再占篇幅了。还得说回父亲“住地方”。二十世纪二十年代末，东北各家买卖生意兴隆，父亲一帮小弟兄也长大了，能往家捎钱了，到了腊月回家过年，一家人很欢乐。不料，日本人进来了，一切都变了。母亲说：“有一天，老爷爷站在当院，用拐杖戳着地砖喊，说日子没法过了，散了吧，各屋的都各找自己的爷们儿去吧！”

就这样，这个大家族以独特的方式谋生，又以独特的方式收场。没有土地牵扯，只是收拾随身衣物，各屋甚至连招呼都不用打，一夜过去，人就走了大半。我奶奶、老叔、老婶，还有我母亲、大姐、二姐，直奔大连。那时我爷在铁岭，可他不管家里事，就愿意和一些道士在一起，按东北话说，有点不着调。但他是长辈，没人敢招惹他。我大伯是爷爷前房留下的，早自己出去“住地方”了。父亲排行老二，实际是长子，整个家庭生活，都全靠他一个人支撑。

在大连的日子，今年85岁的大姐依然记得：住一间不大的房子，很挤，父亲在柜要干的活很多，家里这些人的日常起居也要操心，于是压力很大。大连毕竟是城市，生活费用远比乡间高，而在乡间生活惯了的奶奶和我母亲，在这也不习惯，没过多久，众人就离开大连，但也没有回二道河子，而是到了盖平县城，在城里紧临城墙的地方，租了一个小院住了下来。父亲一个人在大连，家人住在这里，习惯称住在城里。

1938年冬天，大连益发合在四平建粮油加工厂。平地做起，是个苦差事，人们多不愿去，东家就让我父亲带了一批年轻人去，允许带家眷。母亲和姐姐去了，奶奶等仍留在城里。这一分手，我父亲母亲就再未与奶奶众人生活在一起。

“住地方”住到这时，父亲从一个小店员终于熬成了“掌柜的”。但“掌柜的”有大有小，腰缠万贯大老板称掌柜的，开小杂货铺也可称掌柜的。大掌柜、小掌柜，东西都是自己的。我父亲这个掌柜的则不然，益发合有董事会，下聘经理，父亲当经理，是受雇于人家，拿月薪养家。

父亲是一个不怎么爱说话的人，他手巧，会摆弄机器。他为人忠厚，年龄大，是弟兄们中的带头人。在四平十年，他们将一个厂子在道外的野地上立起来，成为一带重要的地理标志，因此，在解放战争四平战役中，这个厂区就成为双方争夺的焦点。我二姐那时十多岁，对此有记忆：国民党军队攻进来，挖沟做工事，吃饼干，解放军打进来埋锅做饭。工厂院子宽广，能有四个足球场大，除了放原料还种菜。打仗了，就剩下职工和家属猫在地窖里，上面摞好几层装满碎米的麻袋。渐渐的也不知道是谁占了大院，再响了过一阵雷似的炮声后，头顶上什么都没有了，麻袋都炸飞了，人们都往城外大道上跑，他们也跟着，人流滚滚，从此就告别了四平……

这是我家在四平生活的结尾，让我先说了。十年间家里还有两件大事，一是我母亲生了一个男孩，并长到一岁多，白白胖胖。因为前面连着生的都是女孩，父亲烦恼，母亲压力大。突然有了个大胖小子，一家人都沉浸在欢乐中。父亲为这孩子起名义增。应该是小名，在我这一辈，名字排序是个“兴”字。然而让人想不到的是，这个义增在一岁多得病，现在想起来也不过是感冒发烧转肺炎这类小孩子常得的病，打几针吃点药也就好了。但当时四平没有这个条件。二姐说她心口疼也就是胃病，疼得在炕上打滚，最终请来的不是医生而是跳大神的。她有抵抗力熬了过来，义增不行，死了。母亲为此受了太大的打击，一次次带着几个闺女去乱坟岗子上呼喊着找她的儿子，把姐姐们吓坏了。还好，母亲挺了过来，然而就是到了老年，说起往事话很多，她也很少提及那个义增。

奶奶由此认定母亲只会生养女孩，就要给父亲说一门二房。为此，父亲回了一趟盖平，但他有些犹豫。谢天谢地，关键时刻，他在街上算了一卦，得到两点明示：一是如再娶必折寿，二是你命中有子。父亲说我已有四个女儿，算卦的举起一只手摆了摆说不要着急不要着急。既然如此，也就不必着急了，此事就作罢了，也就少了一个麻烦。这可不是小麻烦，若娶了二房，日后是大麻烦。至于说盖平城里算卦是怎么算的，一巴掌五指，五个女儿，再有了我这男孩？我想这绝对不是父亲的杜撰，以他的文化水平，他也编不出来。或许那个算卦有事要收摊，或许他连媳妇都没有，听别人要娶二房就来气，总之这对我家来讲是一个完美的卦。父亲从此再不想这事，当然，他不敢也不可能想，因为时代发生巨大的变化，他的“住地方”的日子结束了。从1921年到1948年底，他在一家买卖里一“住”住了27年。

益发合大老板的老家在乐亭，但此时他们早就将家安在天津。不光是四平益发合的同人，几乎东北绝大部分的益发合员工都奔向天津。他们需要得到指示，下一步去干什么怎么干。谁料千辛万苦奔到天津，等待他们的是东家不露面，益发合散摊子了。

不再“住地方”，但一家还要有地方住有饭吃。父亲和同人用最后的一点积蓄开了一家小粮米加工铺，取名“一心”，地点就在海河金汤桥原称东浮桥旁。然而几个月后，面对着新的生活，众人就不能再“一心”了，很快散伙，各奔前程。此时，父亲已人进中年，有点文化不能凭笔墨为生，身体尚好亦难靠出大力挣钱。东北故土，已不能回归，天津虽然好，但举目无亲。随之，他就成为一名失业者，整日为如何养活一家人四处奔波。他在南郊砖窑记过账，在谁家里做过饭，在被服厂里干过活，甚至做儿童玩具在街上卖，我小时有一个小木头汽车，轮子能转，就是他做的。

好在他不气馁，更何况，他发现塞翁失马，安知非福——随着自己人生跌到谷底，女儿们则迎来了她们人生的新起点。何况，自己还真得了儿子。天津的医疗条件保证了这个男孩的生存。我出生时难产，二十三天得肺炎，如果还在四平，我就是第二个义增。父亲是明白人，他时常身无分文，家里吃了上顿愁下顿，但他总是充满希望地迎接着新的一天。

我的五个姐姐都很优秀。就说大姐、二姐、三姐吧，我大姐1950年在天津私立含光女子中学读书时是共青团干部，因家庭生活困难提前参加工作，被税务局选去，入党，一年后调入城厢区委，再入和平区委；二姐也是团干部，1952年从中学直接入党校学习，市委来挑人，好几百人，就挑走她一人，进市委办公厅；我三姐1955年从女二中考入天津工业学校（后改天津机电学院、天津工学院、河北工业大学），毕业留校当教员不到一年，又调入院长办公室。她们的爱人，也是市委、区委的干部和大学讲师。他们朝气蓬勃，前程似锦，星期天回家来，邻居见了都羡慕不已……

可惜，她们在人生路上都忽然遇到了障碍，包括四姐、五姐和我。这障碍在当时是无法逾越的，像一座大山压在身上。那就是父亲“住地方”

的历史。这段历史本来并不复杂，一个小店员苦苦干了近三十年，在一个“小地方、小厂子”管了点事，说到底也就是个职员。这样的人不少，与我父亲一同从四平过来的同人，其中就有原籍乐亭生活条件一直很好的老友，人家一家人都安安稳稳渡过一场场运动，而我家却不行。经过比较，原因也很简单——我父亲我姐姐他们努力奋斗，有幸走进了新的工作环境，而这些环境对他们来讲其实并不很合适，有点高了。

父亲凭着自己的手艺，在公私合营前与人在家里办了小手工业，为无线电厂加工部件，家里的生活有了保障。合营后即成为厂里技术骨干，再入渤海无线电厂，任新产品试制小组组长，评八级钳工，他还主动让出半级，拿七级半工资。父亲工作积极业绩突出，年年评为先进工作者。他为人直率，爱提意见也敢批评人。如果只是这样也没有什么，工厂里这种性格的人多的是。但人在这时，最可怕的是头脑发热——1962年，父亲写了入党申请书，并成为培养对象。然后，例行外调，先去区委、市委看他女儿的档案。结果，出了麻烦：在他二女儿入党志愿书“家庭出身”一栏上，赫然填着“资方代理人”。时间是1952年。外调的愣了，他们中有的人甚至不知道还有这么一种成分。往下，父亲不再是培养对象，也不当组长。城市“四清”运动来了，再定成分的目标就是找出更多的资产阶级，厂里正愁这事，父亲自己撞到枪口上，个人成分就定成资方代理人。而这个成分也就伴随了他人生的最后十年。

父亲的本人成分原和他的同人一样都是职员，单位也认可。可二姐那里为何不一样呢？情况是这样：二姐年轻积极进步，她对四平的生活有一些记忆又不甚明白。一个女孩子穿件花衣服可能就很满足，再恍惚记得父亲还曾穿过西装。她就讲了些什么，有领导说：“你父亲应该是资方代理人吧？”这是人家个人的看法，父辈的成分应由父亲单位定。可惜二姐头脑太简单，跟谁也没说，从此就填这个出身。为此她受了很多苦，几次海河“咸改淡”，都让她去锻炼，冬天住席棚，背石头，终使身体受损，婚后多次流产，岁数很大才保住一个孩子。而我们其他姐弟，日后的外调证明，几乎全部是到了二姐单位后就大翻盘了。说这些我毫无埋怨二姐之意，只是为了把事情的来龙去脉厘清。

因为这个成分，父亲晚年过着没有尊严的生活。没有退休金，没有公费医疗，生活靠女儿们维持。无休止的学习班和交代所谓的历史问题，以及面对各地来的如狼似虎的外调人员，终使他患病于1974年秋病故。他在病中对我说，他这辈子，成也成在“住地方”，败也败在“住地方”。他说的“成”，是指他靠“住地方”曾养活了一家老小；“败”，则是因为“住地方”弄得自己晚年悲惨，还影响了子女前程。

大约是1980年，我们接到渤海无线电厂政部治发来的盖着红印章的公函，上面写着，撤销何某某四清中所定的“资方代理人”成分，现认定其本人成分为“职员”。我把公函带到他的墓前，烧了。

若干年间，我对“住地方”耿耿于怀。后来，我在一家个人开的大公司里与几位文学青年聊天，当知道他们都是从农村出来打工的，现在受聘于这家公司，并且都住在公司，一瞬间，脑子里闪出：这也是新时期的“住地方”吧？他们中有的人干得不错，将到一家分公司当经理，搁过去，不是“资方代理人”吗？但很快我就释然了，并为他们高兴——生活，真的还可以从“住地方”开始，当“代理人”也是一种生活状态。

这样活着，已经没有什么麻烦了。

塞罕坝下扣花营

扣花营，一个坐落在距围场塞罕坝林场上不远的小山村。

念这个村名，花和营都得加儿话韵——扣花儿营儿，营儿要收得快一点。我随当地人这么一念，顿时就感觉出花儿般的美好与甜蜜，还有几分神秘，并立刻觉出，这就是地道的老北京话！不信您念一下。若不加儿话韵呢？我也试了一下，把村民都逗乐了。

历史上，围场县因清康熙皇帝设行围狩猎的“木兰围场”而得名，现在全称为围场满族蒙古族自治县。这是河北省最北端的一个县，县域北部，与内蒙古草原（南端）相连。坝上，我初听时，还以为有座高坝，去了才知是当地人对赛罕坝（林场、草原）的简称。驱车而上，感受明显：北岭高横，如耸一坝。盘绕而上，恍入云间。前方，天际坦荡，林草茫茫，牛马成群，身后，层峦低回，碧水南流，阡陌纵横。坝上，坝下，泾渭两清，高低分明。

扣花营，则身处“坝根儿”，这里既有夏季草原的凉爽，又有冬日中原的暖阳。草原盛开的金莲花，随清风飘到这里四下绽开，避暑山庄的古睡莲，也曾伴驾来这里一展妙容。天造宝地，绮丽山乡。悠悠岁月过去，留下往事桩桩。

就说扣花营吧。给此地起名的人，就是清康熙皇帝。当年康熙每年驻跸热河避暑山庄，一番准备就绪，重头戏就在围场72围里唱响。千军万马狩猎，又称木兰秋狝，扣花营一带属72围之一，名曰“门图阿鲁”，蒙古语，意为宁静的阴坡，这里山清水秀，土地肥沃，林木葱郁，花草茂密。

据说，随行的后宫嫔妃及阿哥、格格中，有一名叫绣花公主的，性情温良。她喜爱这里的花草，常在帐前观花绣花。她让宫女用头盔把花扣住，头盔正面朝阳，后面向阴，既不妨碍阳光照射，又避了马蹄人足和疾风暴雨。一天，康熙皇帝来看公主，见帐篷周围扣着许多头盔，感到奇怪，就问：“扣的什么呀？”绣花说：“皇阿玛，你猜猜看！”康熙皇帝揭开头盔，仔细端详后说：“这不是白头翁吗？这里好看的花不是很多吗？”随行的大臣插嘴说：“好看的花是多了，但都一二尺高，只有老婆子花适合用头盔扣，所以公主就选择了老婆子花。”

如果说白头翁，当地人或许不知所指何花，但说“老婆子花”，就人人知晓了。门图阿鲁的夏季是花的海洋，有黄花、百合花、野刺玫花、野芍药花、野罂粟花，还有鸽子花、铃铛花、石柱子花等，都长得挺高，在风中起舞。唯“老婆子花”长得矮，蓝色小花，不鲜艳，不起眼，很容易被忽略。

绣花公主说：“别的花长得高，引人关注。老婆子花匍匐在地表，又不艳丽，不引人注意，往往被人踩马踏。我要保护它，所以才扣起来。”

小小年纪就如此有怜悯之心，康熙皇帝愈发喜欢绣花公主。回到大营，叫卫兵把帐房附近的老婆子花也都扣护起来，并赐名绣花公主住的地方叫小扣花营，大营这里叫大扣花营。从此大扣花营、小扣花营的名字就叫开了，一直至今。

说起白头翁，此花与众不同——初春方临，乍暖还寒，其他植物尚未变绿，它就开放了，而且一直开到月落秋霜。所以就有民谣说："老婆子花，不害羞，哩哩啦啦开到秋。"白头翁还是一味中药，主治痢疾、湿疹、痈疮。在古罗马神话中，白头翁花是由女神维也纳的眼泪落地变成的，爱与美都凝结在这小小的蓝花上。

65年前，有一批青年人途经扣花营，歇了歇脚，回头朝家乡的方向望上一眼，就毅然登上塞罕坝，以此为家，风雪造林。如今在142万亩的面积上，塞罕坝建起了110万亩人工林，昔日沙化严重的茫茫荒原，如今变成了让人叹为观止的浩浩林海。

57年前，大批知青来围场插队，扣花营时属第三乡人民公社。我的一个同学小白回津探亲时曾对我讲："这里民风淳厚，地域辽阔，只是生活环境初来时很不习惯。"很不习惯？是怎样一个状况才会"很不习惯"呢？我想象不出来。

1984年，第三乡改名为"哈里哈乡"。哈里哈是蒙古语，是有山岩的峡谷的意思。那一年夏天，我和一些业余作者上坝上采风，知道要路过扣花营，就有些预感：或许会遇见小白。小白家庭出身不好，数年里没有返城和选调的机会，大队支书看他人不错，让他去小学代课，随后又招他成了上门女婿。待到知青大批返城，小白已成家有了孩子，按政策给他转为正式教师，就留在那里。

那天巧了，破班车一路行来哗哗作响，到了扣花营突然不响了，也不走了。修车需要一些时间，我就在村里转。才下过雨，道路泥泞不堪，在一个低矮的草房前坐着一人，身前有一光脚男孩。我觉得眼熟，叫声小白，他好一阵才答应。岁月无情，当年的小白变成了两鬓染霜的老白……我要进屋看看，他很为难，说天才放晴，屋里还在下。他告诉我房子需要翻修，两个孩子又不大……后来，我通过县里的朋友，帮老白调到县城。十多年前，他给我打过一个电话，说提前退了，回天津去住，往下就断了联系。

今年立夏那天，我和一些青年作者来哈里哈采风，第一个点就是扣花营。那时节天气本已放热，但风云突起，下车时却是山披白纱，细雪飘洒。真是奇了，唐代边塞诗人岑参有名句“胡天八月即飞雪”，对此不光长城以南的人们难理解，即便像我生活在避暑山庄旁的，也曾好生起疑，但岑参是亲身体验了才写出的，就如此时哈里哈、扣花营：“夜来北风起，山花犹自香。客至扣花营，雪落第三乡。”我随口吟来，心里便想起当年与老白相见的情景。

知情人说莫奇怪，坝根这里气象万千，一日历四季，是常有的事。果然，过了一阵，雪粒洒尽，就阳光明艳了。再看扣花营，没了雾里看花，只有碧空如镜，风光如画——白墙青瓦，小院相衔。村路平整，绿树成荫。戏楼宽大，还有健身广场。空气清新，沁心润喉……

这是扣花营吗？我不敢相信。走进几家探个究竟，家家干净整洁，电视、电脑样样齐全。厨间宽敞，洗澡淋浴，厕所坐便，所有一切只比我家好而无不及。到了最后一家，我要详细问问改造的费用，一老汉在内屋说搞“美丽乡村”建设，没花多少钱。

老汉分明是天津口音。我失口喊了声：“老白？”

真是老白！他答应着从里面来，红光满面。

“你……你怎么回来了？”

“扣花营建得这么好，又紧邻塞罕坝林区，空气好，水好，我能不回来嘛？这是我的老房子改建的，我的根还在这儿！”

我和同伴，热烈鼓掌。

走近花楼沟

开车出北京再往北行，过古北口到金山岭休息站，下高速，进一沟，标识写得明白：前行五公里至长城脚下。这条春日里漫坡开满粉红色杏花的十里画廊，就是花楼沟。

我第一次与这个美丽名字相遇，还是三十多年前的初夏。那时金山岭长城与外界的联系，全凭这沟中一条坎坷弯扭的泥土烂道。还好，吉普车身后冒黑烟，还能像牛车一般颠簸前行。然未及半程，车里就有人坚持不住，说腰要蹾折，脑袋已碰出包。停下歇一歇，问老汉这里叫啥名，神了，满脸沧桑的老汉一张嘴，竟是标准的普通话，说这里叫“花楼沟”。

“花楼沟”！众人顿时眼前一亮浮想联翩：这一路来荡悠悠晃悠悠，谁说不是坐花轿的感觉呢？打起绣帘，前方一定会有壮观绮丽的花楼美景！

果然不假，当我们来到花楼沟的沟脑儿（山沟尽头），抬眼望去，芳草萋萋树木连绵的山弯里，霍然就横亘了庞大的明代长城。青砖绿苔，坚如磐石。箭楼耸立，雄视北地。左右墙城如虎跃龙腾，沿山脊攀向峰巅；远方望京楼独立云间，遥眺京华万家灯火。

这段长城保存得基本完好，是个奇迹。说来我们应该感谢花楼沟的偏僻，外人很少能由此接近这段长城；也感谢花楼沟人的善良，没有像有些地方将长城砖拆去盖房垒圈、建小高炉大炼钢铁……那时，我在承德地区文化局（兼管文物）当局长，陪省和国家文物专家多次去考察，几番下来，专家认为这里是北京这一带长城的精华部分之一，很值得开发。往下经多年修复，于是就有了今日的金山岭景区。

金山岭早已向世人揭开了神秘的面纱，泥土路成为历史，花楼沟也变成车窗外一闪而过的景区引路，以至于很容易被人们忽略。但她还在。我每次来，总是提前下车，一个人静静地朝着长城脚下慢慢走去。我感觉，长城如果是一部交响乐，那么花楼沟就是她的前奏。伴着序曲接近长城，往往会使人引发一些思考，比如，此时论方位，我本是在长城以北，也就是在当年被抵御的北游牧民族一界。按理说该是一步一登高气喘吁吁地抵近长城，才于守方有利，奇怪的是，花楼沟地势平缓，人临城下并未觉出脚下吃力。然登上城楼向南望去，则是陡坡直下旷野遥遥……

长城南北，平原草地，往事悠悠，干戈远去。人在花楼沟，攻守曾是哪一方？一时间我明明知晓，却情愿迷茫。金山岭不是关隘，这里没有关口，但没有关口并不是就严丝合缝针扎不进风吹不过。仔细看，就在与花楼沟最近的城墙，包括从北边登城楼处，前后就有数个横贯城墙的券门。虽然木门关闭，但显然曾沟通着两边的风景。这不是后人掏的，是原状，是当年为便于长城两边通行，从一开始就设计好的。据史料记载，明朝金山岭这一带长城自建成后，从没有发生过大的战事，双边交往要远远大于阻隔。建长城的砖石，因花沟地势便利，许多都是在城北烧造采取的。当地老者说，上辈人口中相传，当年戚继光闲暇之时，曾多次到关外骑马射猎，和将士畅饮当地的烧锅老酒。关外的牛马市与关内的粮布市只隔一墙，到后来索性拆个城豁变通道，成了连成一体的南北大集。

一墙隔南北，一墙亦连通口里口处。我听罢感慨不已：年少时来塞北插队，解放牌大卡车拉着我们穿过义院口（秦皇岛北）长城时，同学们并没有什么想法，那不过是一道城墙遗址罢了。但随后的日子里，我们就领略了这道残墙的厉害——她是京津冀之间重要的区域界线。人和户口一旦到了长城以北，你和京津之间就等于隔了一道没有关口可通的厚厚城墙。办事、探亲、走动，需要持有各种介绍信和证件；途中吃口饭，三地粮票互不通用，手里有钱，连个烧饼也买不出来……

历史上，清朝自康熙皇帝以后就罢修长城，视长城内外为一体。很有趣的是，在河北省境内，长城的许多地段是现今京津冀区划的界线，看似雷池难越，其实又是三家相互交融难分你我。如金山岭与司马台本是相连的，只是开发者不同，景区才分属于河北滦平与北京密云；天津蓟州区的黄崖关，距蓟州区30公里，距承德兴隆县城则不足20公里。此外还有流入京津的几条大河，源头多在河北承德境内，实可谓同饮一河水。再说滦平县的口音，不光与北京相近，而且更接近普通话，更标准。

走近花楼沟，穿过花楼沟，登上长城，青山相连，天光一色。如今京津冀“一体化”协同发展，让长城三方的民众欢欣鼓舞。据我所知，三方为此早有行动，如为保护（节省）水源，承德沿河地域推行“稻改旱”，为防沙尘，实行山地禁牧等；京津则从财力、物力给予承德大力支持。承德提倡“绿色崛起”，宁愿发展慢一些，也要为京津送去清水蓝天。小小花楼沟更是一马当先，十里画廊十里春风，一处处农家院打扮得如同山间花园，绽放着笑脸，迎接着京津与国内外的万千游人。

花楼沟，我的花轿，我的花楼，我的梦里仙境。

断腕皇后“一把手”

京剧《女起解》中祟公道与路人对话，有台词：“净剩下往热河、八沟、喇嘛庙拉骆驼的啦。”这个八沟，就是承德的平泉市。自承德往东，有数条大山谷横亘，本地称沟，名字好记：头二三四五六七，到八沟，逾90公里，就到平泉。平泉羊汤是一绝。我们来这都起早走高速，来了先吃羊汤烧饼，鲜香无比。

平泉城中平地涌泉，实属神奇。县境地理位置重要，素有“京冀门楣”“通衢辽蒙”“鸡鸣三省”之称，属红山文化范围。与辽中京（宁城）山水相连，乃京畿重地。境内马盂山（光秃山）老哈河一带，为契丹人的发祥地。著名的萧太后（燕燕）有女儿大长公主，死后葬于县北部八王沟。30年前我当承德地区文化局局长，县里上报有人夜临此墓，忙来考察，下墓中见只剩一巨石雕棺。墓道原有柏木镶嵌，人民公社时挖出做木筲抗旱挑水。恐再有失，我忙拨款雇人日夜看守，后费好大劲将石棺移至县博物馆。现在都认同是宝贝了，当时好多人不以为然，说一个破石头棺材，至于嘛！

平泉建有契丹文化博物馆，立辽太祖耶律阿保机塑像。我去过多次，看内中文物和史料，就觉得有一人的往事提得少些，其实此人在辽朝很重要，倘若不是她力挽狂澜，耶律阿保机之后的契丹能否仿效中原行帝制，还有没有四世孙媳萧燕燕展示的舞台，都很难说。

这个人就是述律平，女。

她是辽太祖耶律阿保机的皇后，名为月理朵。书上说她很有政治远见，有军事才能，勇敢果断过人。公元916年，辽太祖建立契丹国（太宗时改为辽），封述律平为“应天大明地皇后”，10年后即公元926年，太祖死，她以皇后身份摄军国事。

契丹在阿保机之前是没有皇帝的，联盟可汗由八个部落酋长共议推选，三年选一次。这种制度的好处是可以废庸推能，但更多的结果是引发混乱争斗，直至相互杀伐。耶律阿保机学习中原改为帝制，世袭，使政权稳定，却也引起许多人的不满，已经发生的大的反叛就有三次。他在位时尚且如此，现在突然归天，一些人就蠢蠢欲动欲恢复旧制。

如同干草遇到火星，一旦点燃后果就无法收拾，就在这千钧一发之际，不等别人行动，述律平先下手。在太祖的棺前，她以民族旧习“亲近臣子应追随侍奉太祖”为由，命令一些有谋反倾向的人为太祖殉葬。然而，事情并非如“君要臣死，臣不得不死”那么简单。马上就有赵思温等元勋重臣表现不服，赵思温在众人面前反问她：“亲近之人莫过于太后，太后为何不以身殉？”

这话问得很有道理，如果述律平回答不了，她的权威就将不复存在。可以想象，这是多么触目惊心的一幕：赵思温问罢，所有人都会静静地看着，看这个女人做何反应。这个回答太难了，可她又不能不有所反应，开弓没有回头箭，如果不能镇住赵思温和他身后的人，不用别人再开口，她就得取消刚刚下发的命令，然后，那些不用殉葬的就会心中欢喜，并以轻蔑的眼光看着这个死去了丈夫的寡妇。

关键时刻，这个女人用左手拿起了刀，一把“金刀”，应该是饰以黄金的刀，锋利无比。我注意到书上写她是左手执刀，应该是个左撇子吧，这在右手为主的人看去很别扭。确实别扭，不光拿刀别扭，而且作为临朝之主亲自执刀，也别扭。难道，她回答不出，要亲手杀人吗？或者被人问住，要杀自己？不，如果想自己陪先帝去，只能自缢或饮毒酒，岂能血淋淋地去陪；杀赵思温？也不可能。人家只不过是向你发问，即便该杀，也得说出罪在哪里。

谁都没想到的是，这个女人毫不犹豫挥起金刀，一刀下去，竟砍断自己的右手。然后神情平静，让人放在太祖棺内，说道：“儿女幼小不可离母，暂不能相从于地下，现以此手代之。”

去一手，留一手，成“一把手”！赵思温等人没有办法，慑服了。有一种说法是赵等全部为太祖殉葬，还有一种说法是众皆甘受其驱不动异心。而述律平达到了自己的目的，往下，杀气收敛。重要的是，辽国统制由此得以传继，江山社稷免于崩裂。

成语“壮士断腕”，借壮士手被毒蛇咬，断腕以免毒散全身，以比喻做事要当机立断，不可迟疑、姑息。而读知历史上真有当众断腕，而且是位皇后，不由得毛骨悚然。然后就明白为何“一把手”有权威，可能就与这有关。

遇事犹豫不决，关键时无断腕勇气，难成真正的“一把手”。当然，是指精神层面，不是真的用刀砍自己手腕。而当下改革攻坚，砥砺前行，遇到特别大的难题，有时还真得有壮士断腕的勇气不可！

和平庄

和平庄，是我插队的村名。当年这个村在县里、地区乃至省里都出名，出名出在大队革委会主任一句话上：“和平庄，不和平，阶级斗争一刻也不停。”县革委会委员中只有两名大队干部，我们村主任就是其中之一。

和平庄出名，若从根上讲，其实是出在我们知青身上。家雀扎堆吵人，知青扎堆干架。我们村十个知青六男四女，都是咱天津三十四中的，我们六个男生又是一班同学，属安分守己型。加之一进村就俩人分到一个生产队，没扎堆，就避免了聚一起时间长了闹意见打乱仗。上面一看，这村知青表现不错嘛，肯定是“再教育”工作搞得好，就让大队革委会主任参加讲用会，一讲讲到省里。1970年5月，《河北日报》刊发典型发言，有村主任一篇，他讲对知青进行再教育的经验，就是教育知青“和平庄不和平，阶级斗争一刻也不停”。这可不得了，既点到当时政治生活的命脉上，又叫和平庄，不和平，哪有这么巧的，一下就火了。

当然，他讲的不少情节都是虚构的。那时讲用的法宝，一是拔高二是瞎编。从县里到省里，觉得那么老远，谁也不知道实情，没想到报纸一发，一下子全知道了。知道了就有麻烦：一是我们有意见，你不能造完说完就拉倒，有些事如生活上照顾得落实。二是既然是典型，旁人就要来参观学习，弄不好就露馅了。

撇开麻烦不说，就说“和平庄，不和平，阶级斗争一刻也不停”，这里的“不停”，莫说杀人放火少见，起码是地富分子破坏革命和生产吧，究竟有没有？停没停？

我插队五年，以人格担保，从来没见过也没听说过。革命形势一片大好，那谁能破坏？也没法破坏。生产形势，队里除了地里红薯饲养棚的瘦驴，也没啥值得祸害的，祸害等于害自己，少分口粮，拉碾子没驴。那么，死人是大事，总该和阶级斗争联系紧密吧：我们刚到时，大队部房后一小队会计上吊自杀，原因是贪污了点口粮款；后来有谁家媳妇喝卤水自杀，是因为和婆婆干架；还有个漂亮女孩也喝卤水，原因是搞对象家里不同意……你可劲查吧，凡是自己不活的，很难找到成分高的人家——地富成分的，当不了小队会计，娶不上媳妇，找不着好小伙，想贪污干架自由恋爱，都没资格。

当年城里人填表填出身，即父亲的本人成分。农村填家庭成分，即土改时定的，代代传。我所在的生产队穷，只有两户地主，哥俩，土改时他们二十啷当岁，后父母没了，成分由他们继承下来。老大媳妇死了，有一个儿子，二十大几，光棍，老二有俩儿子。大队开大会批阶级敌人，他们哥俩上。生产队批，他们爷五个上。老哥俩岁数大，属地富队伍中成员；小哥仨岁数小，称“子弟”。“子弟”队伍庞大，多娶不上媳妇，后来上面也觉得这么往下传不太合适，正式下文件，将“子弟”改称“新社员”，但“子弟”不领情，说改了也还是“子弟”。“子弟”不能上大学，不能当兵，连民兵都不行，总之好事一概沾不上……

前一阵我和几个青年人在一起聊天，有一小伙才毕业，创业不顺，就说起公平，他说现在不如你们年轻时好，那时多公平。我不愿与他争辩，听他口音是我插队那县的，一问离和平庄还不远。就问："你爸干啥的？""是县里干部。""你爷呢？""早死了。"又问："当初家里啥成分？"他挺自豪，说："我爷是大地主，有好多房子。"我说："你爸肯定是老小。"他说："对，我爸是老小，赶上改革开放才出来，几个大伯都在乡下。"

我说："这就清楚了，必须承认，现在确实有不公平的问题。但如果像你所说，羡慕我年轻时的'公平'，你若不投错胎去了旁人家，你就是个'新社员'的下一代'新新社员'，一出娘胎就跟旁人差一截，不可能出来上学、创业。就这，公平否？"

他有点明白又不明白，喃喃说怎么会那样。

现在有些父母心里想的就是孩子的对象、房子啥的，不愿意讲过去的事。也不赖，省心。

大巫岚

大巫岚是地名，是我当年插队公社所在地的村名，对外皆称大巫岚公社，朗朗上口，却不知巫岚是个啥意思。多年后有人研究，说巫岚乃蒙古语“红色”的意思，即颜色发红的山。对此我认可：公社大院后一片山岗，山土平时为暗红色，一旦雨淋湿，天又突晴，阳光下即为血红；此外，还有巫岚出自满语一说，意为“大川”。从地形上看，大巫岚是条南北二十余里长十来里宽的大沟，是该县少有的一片比较宽敞的地方。

山红也好沟宽也罢，在那个年代不重要，重要的是，大巫岚是通往长城以南的交通要道，是公社所在地。公路是沙土的，干燥起尘，汽车驶过跟过了坦克一般。好在那时汽车少，胶轮大车多。路两旁有公社大院、供销社、粮站、卫生院、大车店、邮局等。知青来公社必去邮局，寄信、取包裹、发电报，电文字越少越省钱：“寄钱来”，谁都明白；“红薯进窖”，是给家里发暗号，转天收到电报“姥病速归”，好请假。

大车店有伙房、大炕，能吃能住，也登记，阶级路线分明，冬天门帘子一掀，三人来住店，问：“成分？”“贫农。住炕头。中农？睡中间。

富农？炕梢！”半夜贫农骂店：“坏了心肠的！解放这些年还把贫农往火坑里推，这炕头能烙饼！”地主、中农偷着乐。回来又住，贫农拖到最后说：“地主。”“地主？炕上满了，要睡睡草料糟子……”

山外的运动大浪滔天，山里的日子依然平静。大巫岚有集，逢四逢九开，十里八村都来赶。天稍热，山花白，长得俊的小媳妇一定来亮相，着一身海棠蓝紧衣宽裤，风中轻摆如新柳，软底白线勾帮鞋，留窄浅足印一溜，瓜子脸，杏核眼，盘一个美人揪在脑后。多少小伙狼似的瞅，心说这得多少彩礼钱才能娶到家！

集上有粮市，只许卖糠不许见粮食粒儿。杏子、桃子、烟叶可以随意卖，卖柴的最多。大巫岚缺柴烧，深沟里后生一扁担六个大柴（捆）起早挑来。价钱讲妥，近处管送。三十多岁的小寡妇两手拎东西前面走，侧裤兜露一角粉手帕，年轻后生挑柴跟着。有人笑道：“这担柴，贡献了。”手法——进院门放好柴，说：“大兄弟，我进屋拿钱，你帮我拽出钥匙来。”后生实在，一拽手帕，秃噜全掉下……山里人却也不很反感那女人：她老爷们儿修路崩死了，家里还有孩子，她得做饭。一担柴她省着烧几个月，几个月才有个后生开回眼，也不亏，宽容万岁吧。

大巫岚在社员眼里就是大城镇，知青在村里待久了，来一趟也跟过节一般。1970年夏天，公社建广播站，抽我来。那时还没有选调一说，我是全县知青第一个脱产的。我的工作是执机、广播，一点儿不累，每日补助五毛钱，在公社伙房吃饭。当时我好幸福，可以穿着干净衣服在大巫岚街上逛来逛去，同学们来赶集，见面都羡慕。按当时的情景发展，近水楼台先得月，当年冬天，我就能第一批被县里选调参加工作。

可惜我运气不好，我爱看书，爱去伙房帮厨，但对广播、收音、扩音和总机交换台等器材没兴趣。更可恨的是，当时“苏修”的电台功率大，结果，我值机开全公社电话会时，就冒出几句“敌台”声音，惊动县上，公安来人，属重大政治事件。还不错，没抓我。如惊弓之鸟漏网之鱼，我一路狼奔狗窜逃回村，接着当社员，很长时间不敢再去大巫岚。算算，连去带回，我在大巫岚公社里待过整整一个月。等我最终离开大巫岚时，已是数年以后了。这期间，有好几拨选调，都没我。我知道自己是犯过错误的人，也不敢争取，只得好好劳动，好好表现。

边城美女

承德地处塞外，可称边城吧。我若说这里早些年出美女，可能有人不信。风高地寒的，出脸蛋像苹果的山妞吧？不错，确实出山妞。然而我说的是避暑山庄所在地的承德市，这一片群山环抱的宝地出美女，却是有缘由的。

康熙建避暑山庄后，直至乾隆一朝及嘉庆，以此为夏都，每年在这待半年左右，而且是在京师最热的时候来。那时也没有空调，甭管你多有权多有钱都得挨热，顶多买几块窖藏冰降点温。能随王伴驾来到凉爽的热河（承德），绝对是件很享受的事。

皇上来承德，不光兵马随行，而是全家出动。皇太后、皇后、嫔妃、太子、阿哥、格格等，甭管老少，都来。这些人身边都有一大帮人陪伴着服侍着，其中女性居多，如正副福晋、宫娥、彩女、丫鬟、使女。这些可都是千挑万选的，模样肯定差不了。往下还有大小官员，也是女眷一群，或许只带心爱的女人。肃顺被拿下时，身边就有两个小妾。

电影《火烧圆明园》里咸丰北狩承德，好像只带了慈禧、慈安，其实不然，同去的还有十几位嫔妃呢。咸丰好色伤身，最终死因与此是否有关姑且不说，但她们个个貌美必定无疑。同时，承德日趋繁华，娱乐业、餐饮业兴盛，也必然引得天下美女前往。总之，热河夏爽，帝王陪都，人才汇聚，多有佳丽，这应该是一种历史的真实。

慈禧是1861年秋从承德返回北京的。康熙肇建避暑山庄是1703年，也就是说，承德在近160年间因身份特殊，多被世人关注。当年一个小小山村，也很快聚成人口万家的塞北重镇。

这里最早的一批“市民”，几乎皆来自京师。承德市最主要的大街叫南营子，顾名思义，是位于山庄之南的军营。满族八旗体制是军民一体。早年无战时打猎耕种，打仗时男人出征，驻防后全家人随着一起走。一般说来，时局安稳后，驻防地就变成居家地，孩子由此出生长大，就成了当地人。

种种因由，承德市原著市民及子女，其母系都与京师满族有着密不可分的联系。据史料记载和老人讲，历史上除了王公贵族升迁荣败，家人散落，山庄里大批“工作人员”，以宫女为主，一旦年龄大了，亦要遣出寻找人家结婚生子。至于八旗官兵，落户热河城，与旗内女子后与汉人成亲，亦是很普遍的事。老话讲：“一辈子无好妻，三辈子无好子。”子亦包括女子，除了人品与性格，更明显的遗传，就是容貌与身材。

承德市满族很多，围绕着避暑山庄的这座小城，在二十世纪八十年代中期，人口也不超过四万，其中满族人口有将近一半。满族青年女性普遍体形偏瘦且高挑，遗传明显占优者，脸形略长尖下巴，俗称瓜子脸，可谓面容姣好，身材苗条。二十世纪六十年代，我初到承德，走在街上，首先惊讶这里个子高女子很多，打量几眼，皮肤白皙，眉清目秀，直鼻小口，天然无琢，呈朴素美。只是那个时代以身材健壮浓眉大眼为美，这些优点反成了弱点。

到了二十世纪九十年代以后，人口流动起来，外来人大批进入承德市，加上本市优秀女孩多考学走了，情况就变化很大。现在大街上美女很多，多是精心化妆的；个子也不矮，靠的是各式的高跟鞋。偶尔遇见一两个有满族女子特点的，基本上是这里的老户，问她怎么没出去，她们倒也不隐瞒，说当初书念得不好，没考上大学。或者说就喜欢这，哪也不想去。

写这篇小文的起因，是眼下时兴旗袍秀，承德有好几支中老年队伍。队员岁数不小，但容貌身材依然不错，其中就有不少满族女性。有人问这其中的缘由，我想了一下，可能就与我上面写的有些关联吧。

只待新雷第一声

那日房间里凉了，才意识到暖气停了。咱们承德冬季好漫长呀！不过，春天毕竟到了。清晨天幕浅淡，是不是飘了雨？我住在高层上，却无须低头寻地面；只是眺望远处的凤凰山，山的颜色变重，就是淋了雨。果然，山林变成墨绿色，是下春雨！

可惜雨不大，又没有杜甫“晓看红湿处，花重锦官城”的画面，于是就想起清代诗人张维屏五绝一首：“造物无情却有情，每于寒尽觉春生。千红万紫安排著，只待新雷第一声。”

最后一句是诗眼，画龙点睛。天气是那样，我住的高新区亦如此，只是那一声新雷不是响在天上，而是响在钢轨上，没错，那新雷就是高铁。高铁通了，

案上有新购的扇面纸。本来，我写扇面多写隶书，有格，写起来四平八稳。而这扇面是光的，曾犹豫怕写乱了，但这会儿不再多想，只盼那新雷第一声响起，大地万物该是何等欢乐！

提笔挥毫，行草并书，放开写来。七言一句，五长二短。转眼之间，

扇面已成。看去倒也有几分气势，好生痛快。

老来又习书法，完全没想到。小时候，在父亲监督下写过大楷。后来搞运动，父亲血压高，顾不上，我也不练了。日后写小说，并无他求。然和作家外出采风，主人非留“墨宝”，我试一下还行，一来二去，就成了作家中的“书法家”。十年前，在朋友们的鼓动下搞了个人书法展，往下，还就弄假成真，如今求稿的反不如求字的多。不少书法家惜字如金，我不是，我是写了大字换酒喝，挂在饭店如买单，只为老来乐呵呵。前几日一饭店老板向我诉苦，雅间里有我一幅字，客走了，字也没了。我说不怕，摆上一桌。他道：“快来快来！”

张维屏，广东番禺人，是道光二年的进士，后辞官归里，隐居“听松园”，闭户著述。鸦片战争爆发后，他写出了歌颂三元里人民抗英斗争的《三元里》《三将军歌》等，时流传很广，影响很大：“三元里前声若雷，千众万众同时来。因义生愤愤生勇，乡民合力强徒摧。”

如今“厉害了我的国”！不再受别人欺侮了，更好的日子在前头。我在塞北沐春风，只待新雷第一声。花开之时诗兴发，只缘万紫并千红。

丁酉年里话“辛酉”

丁酉年里话“辛酉”。

那是哪个鸡年？都知道是说慈禧搞的“辛酉政变”那年，即1861年。这事承德人都感兴趣，因为这件事是先在承德发生后在北京了结的，其间闹得最热闹的一段是在咱们的避暑山庄，等于发生在咱家门口。

慈禧这女人与肃顺八大臣之间的斗智斗法，现今已成为导游讲得活灵活现、游客听得津津有味的一段往事。电影《火烧圆明园》和《垂帘听政》里演得挺详细。刘晓庆演的那个慈禧，从一开始就不是善茬，皇帝和大臣在朝廷上议政，她从后边径直就进，慷慨陈词，说得肃顺张口结舌。这事有点悬，身为妃嫔，你得在后宫待着，跟皇上说话也得讲规矩。于大庭广众之下抛头露面，才二十多岁呀，那么多臣子盯着，皇上心里能舒服吗？

话说回来，史学界对“辛酉政变”是有研究并有各种见解的，有文章就认为如果这次可称“政变”的话，那么，政变的共同策划人是慈禧和奕䜣无疑，但若说政变的主谋者，其实并非慈禧，而是奕䜣和他的集团。把慈禧说成主谋，有些高抬她了。

此事还容我慢慢道来。

“辛酉政变”中关键一事也是导火索，是咸丰十一年八月初六日，这时咸丰皇帝刚死不久，山东御史董元醇“上疏”朝廷，以皇帝年幼为理由，请求由皇太后暂时权理朝政，也就是“垂帘听政”。

这可是关乎国家政体的大事，非同小可。但这也正是慈禧日思夜想又不好开口的事。这下好了，有人替自己提出来，她立即召见八大臣，让他们照董元醇所奏传旨实行。可惜她还太年轻，把事情想简单了。肃顺等“勃然抗论”，并声称自己“系赞襄皇上，不能听太后之命”。双方吵起来，争论激烈，以至于吓得小皇帝啼哭不止，“遗溺后衣”尿了裤子。最后，肃顺等以祖制无垂帘之礼为辞，驳回董的建议。为此他们还罢过工，不干活了，奏折堆一堆没人看。没法子，慈禧只好服软。当然，后来她赢了，赢了就好说了，说她坚忍。但实际是，当年发生在避暑山庄的这场争斗，是肃顺八大臣占了上风。

这事很值得玩味的是，“挑事”的这位董元醇，当时不过是个小小的从五品的地方官，相当于正厅级的监察厅长吧，全国像他这级别的官一抓一大把。当时他在山东吃煎饭卷大葱，想搭上慈禧这辆高级车，是根本不可能的。况且，官场上谁都知道，这折子里的事太重大，太危险，一旦递上，是祸是福，难以预测，弄不好会掉脑袋。可这位老董他就干了。很显然，他的背后是有人的。是谁？书上都说是他的恩师周祖培。咸丰皇帝逃往热河，周祖培被授命为留京办事大臣并拜为体仁阁大学士，实掌宰相之权，委以料理朝廷的重任。

往下到这年10月，两宫太后还京，周祖培与大学士贾祯疏议并促成了“垂帘听政”，参与奏请的还有手握重兵的胜保、户部尚书沈兆霖、刑部尚书赵光等人。到了这时，根本就没董元醇的份了，显然，他不够级别，而先前他不过是人家的一个棋子。值得注意的是，周祖培等人奏请中，特别强调的，是“并简近支亲王辅政”，其意显然指的就是皇弟恭亲王奕䜣。

这一切表明，最终的决策人只能是奕䜣。奕䜣冒那么大风险除掉肃顺一伙，不可能只为慈禧，而是为他自己。

必须承认，慈禧这个人野心是很大的。但当时羽翼未丰，直到“垂帘听政”之前，几乎所有政变的主要参与者，都是业已崛起的奕䜣集团的人。在外，英法等国公开支持由奕䜣集团取代肃顺集团。在内，由于肃顺等人在 “戊午科场案”和“钞票舞弊案”中搞得士人满狱，士大夫切齿痛恨，如今见肃顺等人受咸丰顾命，人人自危，遂迅速在奕䜣周围结成大党。就连僧格林沁这样的统兵大员，也上奏表示反对肃顺等八大臣。不仅如此，奕䜣还因在北京议和期间的成效而频频得分，博得北京官僚层及军界的广泛拥护。反观当时的慈禧，除徒有“太后”之名外，策动政变的实力无法与奕䜣相比。

慈禧当时既无军队在握，又乏人事关系，且受时空条件的限制，显然没有办法成为策动辛酉政变的“主谋”。而奕䜣“联合”两宫太后，力主皇太后“垂帘听政”，也是顾及向八大臣夺权时，避免“犯上作乱”。对此，极具权欲而又极其聪明的慈禧又怎么能不明白，她必须要借奕䜣之手除掉肃顺，故而一拍即合。据载，9月5日，奕䜣以奔丧为由赶到热河，“值殷奠叩谒梓宫，伏地大恸声彻殿陛，闻者无不泪下，祭毕，太后召见。恭邸请与内廷偕见。不许，遂独对。一时许方出”。就是说，太后当时要召见时，奕䜣是动了心思的，怕旁人说什么。他先是请内廷大臣一起同去见面，因肃顺等人不去，奕䜣才自己去了。倘若一伙人同去，慈禧想跟奕䜣密语几句都不可能。可见，若是由慈禧主谋安排随后的“政变”诸事，难度很大。她人在避暑山庄，与外界联系非常困难，一举一动，皆在肃顺的监控之下。

从史料价值很高的《热河密札》里表露，奕䜣到热河后，与太后“独对”，但“独对”什么，所载都语焉不详。我分析，那种独对是不方便多说的，谁知哪里窗外有耳，一旦泄露，反遭其害。故彼此间重要的是“心有灵犀一点通”。倘若能分开左右，慈禧也只能诉说在这如何受肃顺的气，等等。奕䜣呢，听罢也只能说臣明白了，一切包在臣身上。像他们这等人，不会像平民百姓说个事千叮万嘱的，只要一个眼神就够了。况且，此时慈禧并未“垂帘听政”，与奕䜣“独对”，至多是“叔嫂”见面，并不具有发号施令的身份。但可以推论的是，即便没有这次“独对”，奕䜣也得除去肃顺一党，否则，自己在北京辛苦一年独支危局，岂不是白干了？

说了一段，这是一段。

往下要说的还有这段，是非常有意思的，即慈禧先一步回京后，随即奕䜣就动了手，拿下除肃顺之外的七人。载垣、端华当场不服问道：“我两人无故被谴，究系如何罪名？”奕䜣道：“你听着！待我宣旨。”

这道旨，一般文章中只选部分文字，我把全文找到了：

“上年海疆不靖，京师戒严，总由在事之王大臣等，筹画乖方所致。载垣等复不能尽心和议，徒诱获英国使臣，以塞己责，致失信于各国，淀园被扰，我皇考巡幸热河，实圣心万不得已之苦衷也。嗣经总理各国事务衙门王大臣等，将各国应办事宜，妥为经理，都城内外安谧如常，皇考屡召王大臣议回銮之旨，而载垣、端华、肃顺，朋比为奸，总以外国情形反覆，力排众论。皇考宵旰焦劳，更兼口外严寒，以致圣体违和，竟于本年七月十七日，龙驭上宾，朕抢地呼天，五内如焚，追思载垣等从前蒙蔽之罪，非朕一人痛恨，实天下臣民所痛恨者也。朕御极之初，即欲重治其罪，惟思伊等系顾命之臣，故暂行宽免，以观后效。孰意八月十一日，朕召见载垣等八人，因御史董元醇敬陈管见一折，内称请皇太后暂时权理朝政，俟数年后，朕能亲裁庶务，再行归政；又请于亲王中简派一二人，令其辅弼；又请在大臣中，简派一二人，充朕师傅之任。以上三端，深合朕意。虽我朝向无皇太后垂帘之仪，朕受皇考大行皇帝付托之重，惟以国计民生为念，岂能拘守常例？此所谓事贵从权，特面谕载垣等著照所请傅旨。该王大臣等哓哓置辨，已无人臣之礼；拟旨时又阳奉阴违，擅自改写，作为朕旨颁行，是诚何心？且载垣等每以不敢专擅为词，此非专擅之实迹乎？纵因朕冲龄，皇太后不能深悉国政，任伊等欺蒙，能尽欺天下乎？此皆伊等辜负皇考深恩，若再事姑容，何以仰对在天之灵？又何以服天下公论？载垣、端华、肃顺，著即解任！景寿、穆廕、匡源、杜翰、焦祐瀛，著退出军机处！派恭亲王会同大学士六部九卿翰詹科道，将伊等应得之咎，分别轻重，按律秉公具奏！至皇太后应如何垂帘之仪，一并会议具奏！钦此。”

这是以小皇上载淳即随后的“同治”的口气写的，很详尽，耐心看，都能看明白，我用白话只解说前面几句：

“头年海疆不安，京师都被占了，总的责任，就是管这些事的王公大臣办事不力所致。载垣等不尽心去和谈，硬是捕获了英国谈判代表，以致失信于各国，圆明园被烧……”

好了。这里说的“上年”，是指咸丰十年，英法联军从大沽口上岸打过来，一路杀向北京。经沟通，朝廷派大员在通州与他们议和。谈判一开始还算顺利，没想已经接近尾声时候，却出了个差头。这个差头可不得了，叫非同小可，直接导致了局面的恶化——英、法方面主要是英方代表巴夏礼，这家伙嚣张，节外生枝，提出要觐见皇上；见也行，但清廷代表对觐见方式的礼仪有要求，除了带多少人进京，特别提出必须进行跪拜。这事在乾隆时就闹过一回，那次是在承德，有说双膝跪的，有说单腿跪的。但这次和那次情况不同，那次是谒见，没兵没将的，而此时英法联军兵临城下，自然牛气，双方为此就谈不拢了，英法代表带人愤然离去。

按说这也正常，哪有一下就谈妥的。可往下发生的事，则是既让人很难想象，又叫人哭笑不得——清廷代表载垣蛮劲大发，命令蒙古亲王僧格林沁率兵在通州张家湾将巴夏礼使团包括记者在内的一行39人给抓回来，只是把法国代表放了。这等于绑架了对方的代表为人质。这还不说，监禁期间，这些人质被拷打、羞辱，一个月后，只有18人生还，剩下人全给整死了，其中英国泰晤士报记者最惨，尸体被分成七八块。

这事叫谁说都太匪夷所思了。按照载垣等人的想法，擒住了巴夏礼，英法联军就会投鼠忌器。可没有想到的是，这个近代外交史上少有的宰杀来使事件，引来了英法联军的凶猛报复。很快他们就打进北京城，并要给大清帝国皇室一个“严厉的教训”。这个“严厉的教训”，就是摧毁皇家园林颐和园或者圆明园。最后之所以选择圆明园，则是因为“圆明园是使团人质遭受折磨的地方”。

写到这里我必须指出，毫无疑问，英法侵略者所说的皆是强盗逻辑。你们万里迢迢来中国闹事，从根本上讲就是强盗行径，是不容分辩的。然而，清廷和其大臣捕杀对方谈判代表，说“糊涂”都是轻的，纯属“混球行为”。连小皇上都认定，没有这么干的。

历史有时就是如此不可思议，强盗遇见混球，于是就把事情弄大了，弄得不可收拾。百姓受难，名苑遭焚。咸丰死去，慈禧得利。只是慈禧得利的过程并不平坦，处处杀机，沟坎重重。有人说假若那次谈判不抓对方代表，接着谈下去，事情可能就会出现另一种结果。起码咸丰不会心力干涸那么快死去，毕竟他才三十来岁，也没得癌症，怎么也能再活些年。但历史是不能重写的，咸丰走人，大幕拉开，一场场文戏武戏又开演了。

随后，恭亲王奕䜣于朝中手握重权，一人之下万人之上，可谓名震京华，一时间世人只知六爷不知皇上。但奕䜣还是大意了，也不过四年，慈禧对朝政之事熟悉了，就容不得奕䜣了。清朝有“弹劾”这么一种制度，实名上折，比我们的“批判与自我批评”严厉得多。且不管是不是慈禧授意，总之是有人弹劾奕䜣，查了一阵多数并无实据，但那也不行，慈禧绝不放过，随之奕䜣就遭受了人生中的第一次重大打击，慈禧的权威也由此树立起来。这段可作另事再论。

文章有限，一言难尽。如今站在避暑山庄内，遥想那个辛酉年的这里，可谓危机四伏，诡异迷离。慈禧在这里经历了她人生最艰难的时刻，因为她那时还没有手握胜券的能力。关键时刻，是奕䜣救了她。慈禧离开山庄就再未来过，她一定觉得这里是她的伤心之地。其实，这里又何尝不是她的“起身”之处。换个旁人，完全可以说是“崛起”，但用在她身上，就得犹豫了，因为往下她干的许多事多为后人所诟病。但历史就是历史，一个个封建王朝，该由谁开创、谁中兴、谁败家都是有数的，说讲究些是必然性，说通俗就是命运。戏言之，假若没有那个“鸡”年发生的那些事，假若慈禧如其他皇后一样默默湮没在后宫，清朝又出了个要“再活五百年”能干的皇帝，那么，中国封建社会的覆灭是不是还要推迟些年？

可见，大清出了个败家的慈禧，对后人讲也未必不是好事。但为此，她就必须得把握朝政，必须在那个辛酉年有所作为。这么一想，导游们在讲解时，也就不必为山庄里曾经有过这么一个女人而难为情。何况，那时她才二十多岁，变成日后的老佛爷，还有待时日。

说了归齐，国运使然，这个慈禧，该着就是祸败大清王朝的这么一个女人。但其间也有不少事并非那么简单。承德人讲山庄必然要说到她，联系那个“辛酉”年的一些旧事，或许能说得更有意思些，可能也客观些。

这一次就“摭拾”到这吧。

“红薯当家”的往事

据我所知，在我国农作物中，同一个品种，因地域不同而称谓不同，“名字”最多者，大概当属“红薯”吧。红薯又名番薯、甘薯、山芋、芋头、番芋、地瓜，还叫红苕、线苕、白薯、金薯、甜薯、朱薯、枕薯等。如果红薯也要上身份证，肯定有麻烦。

我与红薯缘分很大。当年我插队的塞北山村盛产红薯，那里单叫一个“薯”字。刚到村里，就没完没了听社员说到薯，“薯”是什么？大锅盖一掀热气扑脸，我们天津知青都乐：“这不就是山芋嘛！”天津人称红薯为“山芋”，用天津话叫“三鱼”。大家傻乎乎下手就抓，烫得左手倒右手的，把社员乐坏了。

在村里待长了，才知道红薯功劳太大太大。没有红薯，一村人的日子真不知该如何过了。那地方“七山二水一分田”，入到画中美，实际产粮难。坡地贫瘠，高粱、谷子打得少，就靠多种红薯。那时红薯一亩地少说也产两千多斤，吃到嘴里虽然没高粱米小米干饭香，但终归能填饱老少的肚子，往下还有力气接着下地干活。

红薯是个宝，先说收。刨红薯是秋收收尾的活，男劳力刨，很累。讲究左右前三镐就刨出一堆一嘟噜红薯，薯皮不蹭破一点，不比今天爱护新车车漆差。女劳力随后拣薯攒堆，收工就分。估摸好总量人均，两人抬大秤，从村东头人家排起，队长喊：“老三，五百。”老三两口子仨小子，每人100斤。又喊：“于老四，一千。哼，美死你！”于老四养了八个，分粮占大便宜了。看八个“小牲口”欢蹦乱跳往家捣鼓，急得旁人牙床子发痒。我和同伴是一户，二百斤扛回去，倒出也是一地。

高粱、谷子到家，往板柜或仓格里一倒即可。可红薯到家，才仅仅是漫漫征程第一步——当夜，先拣，选些齐整的下窖，留着冬天吃鲜；小把头子，放一边蒸了晾熟薯干儿；绝大多数的薯要洗净，切薯片。切薯片不能用菜刀，手腕累断也切不完，得用薯刀。薯刀是一长木板，中间有长孔，刀固定在孔上留一缝隙（薯片厚度），按住红薯，使劲推活动木柄，“唰”，一大片闪着汁液光泽的红薯片就落在板下的筐里。

那一夜，小村家家不眠，薯刀撞击的“叭叭”声连成一片。我喜欢诗，学李白的“长安一片月，万户捣衣声”，也有习作：“山村一片月，户户切薯声。秋风吹不尽，总盼来日晴。何时口粮足，红薯当‘营生’。”

解释两点，“来日晴”是因为鲜薯片需要晒干，天晴最重要；‘营生’是当地口语，意思是不当主粮，当成个解馋的吃食。对此有人可能不解，不就是二百斤吗？天呀！那是一天分的，得刨、分、扛十多天呢！下乡头一年，我俩分了3000斤红薯，折口粮600斤。那年人均360斤，也就是说，其他带粒的如高粱、谷子总共才分了100多斤……转年有盲人路过讨水，于老四端水点烟，求他给小儿子算算。问你儿子啥命？于老四说：“薯命。没奶，月子里就喂薯了。”想想，怪让人心疼。

不过，清晨将薯片担到山上，拣朝阳石崖或碎石坡一片片摊开晾晒，还是给了我很多遐想——蓝天如水，秋阳火艳，不出两天，鲜薯片就变成雪白的干薯干。远远望去，一片薯干，一朵白云。人在其间，飘飘欲仙。我欲踏云望故里，急急奔上，意境却无。便清醒，还是脚踏实地，收获我的劳动果实吧。

晒好的薯干要放在大席篓中。席篓不要密，须透风。薯干不怕冻，怕潮。放在闲房冷屋，来了相亲的，天再凉也要领进让人家看。一看两大席篓，满满的，雀白雀白，即很白。好！这家日子厚实，闺女嫁到他家享福，这亲就能说成。我不行。实不相瞒，插队多年后，我二十大几了，也想过在农村娶个媳妇就算了。深山出俊鸟，村里的漂亮姑娘对我也有意。有天一老婆婆突然进屋对我好一阵瞅，才要点头，不料随手抓片薯干嚼，“哎呀”一声，转身便走。事后得知那是个媒人，回去说可不能嫁给那知青，连个薯干都晒得雀苦。我知道是咋回事：阴天下雨，我懒，没从山上往回拣。淋了雨的薯干，再晒干有黑点，味苦。不过，味苦的薯干，也成全了我日后走出山村。当时有政策，结婚的，上学、参军、选调都不要。

春风和畅，阳气上升，生产队育薯秧。先做薯炕，就在我的房后，看个清楚。叫“炕”不假，确如大土炕，两排十几铺，上铺苇席、细河沙，将红薯从深薯井取出，尖头朝下插在沙中，盖草帘，下面点火“烧炕”。这是个技术活，由队里几位老者执掌。温度低了不出秧，温度高了薯熟了。其间不断淋水调温，若干天过后，掀起草帘，满炕都是嫩绿的薯秧。

栽薯秧，要挑水，连最壮的汉子一想都发怵：一根扁担俩水桶，从沟底小河起步，一步一登高，登到半山腰，还得接着挑。地里，年老者刨垄，妇女插秧、浇水、封垄。连干十多天，肩膀子压出死肉疙瘩，换来一坡坡直挺挺的薯苗。老天若给一场雨，再看，一天一个样，用不多久，红茎绿叶的薯秧薯叶就把山地封得溜严。天大热，再翻秧，免得乱生根，就完活，只等秋天刨了。

话说回来，席篓里的薯干，不能整片吃。春天干爽时，要碾成面才行。那时，男人把薯干扛到碾道，把驴套好，往下就是女人的活了。赶着驴转圈走，沉重的石碾压在干脆的薯片上嘎嘎作响，母亲执小帚扫，又往上续，闺女在一边细箩筛，薯面白如霜轻如烟，转眼就将人、驴和整个碾道笼罩住。娘俩从头到脚变成一个白雪仙姑，打个喷嚏，眨眨眼，云雾分开，才好看清谁是谁。

薯干面白过富强粉。可惜一沾水就现了原形，黑里发红。一般是贴饼子，趁热吃，黏黏的发甜，这就是春夏秋当家的干粮，可放开肚皮造；只是一凉了，就灰黑死硬。我去邻队山里打柴，人家放狗撵，情急之下，掏出个薯干饼子打去，狗瘸着跑了。当然，这跟我做饭手艺太差有关，火大了。社员做得好做得巧，用礤通礤成小豆豆，煮熟，用凉水一过，小蝌蚪状一碗，放上佐料，甜咸酸辣，自己调配，那味道太好。人家请我吃，我没出息，撑得下不了炕……

不过，红薯终归是红薯，不管怎么做，吃多了，就“烧心”吐酸水。当地人因此得胃病的不少，我日后胃不咋好，跟那几年吃红薯太多也有关。说到底“红薯当家”，既是一段往事，也是一段历史。后来我重返山村，时值夏季，想看看红薯地，竟然很少见。老房东说：“红薯当家的日子早过去了，想吃，只能在园子里种几垄。”听罢，令我感慨不已。

前些时，有作者让我为他写的剧本把一下关，别闹出笑话。写的是宋朝，内中有在小店吃红薯的情节。我隐约觉得那时红薯即番薯尚未传入中国。查书，果然：番薯最早由印第安人培育，后传入菲律宾。16世纪，有两位在菲经商的福建人，设法将一些番薯藤（秧）编进竹篮和缆绳内，瞒天过海，运回了福建老家，遂种植并遍及国内各地。

如此说来，红薯是明朝时传进来的，宋朝人还没有吃红薯的口福，倘若有，武大郎或许就不卖炊饼而卖烤红薯了。烤红薯不能走街串巷，武大郎在家门口卖，兴许就看住了潘金莲，免了杀身之祸，但那样也就没有了书中的武松，反倒减了英雄本色。

如今红薯已成营养食品，又属饭桌上的“营生”，我是隔三岔五就得吃点，不吃就想。秋天，还带家人去乡下刨红薯。我外孙第一次去，刨出红薯说：“还以为是长在树上呢。”

我啥也没说，掰了一块给他，他惊讶：“能生吃？”

我嚼着点点头。

回望解元里

老来因多有笔墨应酬，尺幅大小不一，就求人刻些印章。有一方闲章为“东门解元”，意指我在天津的出生地：老城，东马路二道街的解元里。后上网查，果然不出所料，这小小胡同当年确出过乡试第一名，系光绪元年（1875年），解元名叫张彭龄。有关张本人的资料没找到，但我尚记得他家后人的一些事。

解元里胡同口朝南开，是条实胡同，念白了叫死胡同，内里左右有七个院。张家住5号，我家住7号。7号和其他几院都是个大杂院，住户多，孩子多，热闹得很。5号院则不然，只住张家一户，也没有我们这样的半大孩子，故大门常是关着的。偶尔开条缝，好奇往里看，有影壁看不全。窜进去看一眼，院里两排青砖正房南房，还有花草，安静整洁。有年夏天，5号院突然对外开放了，开放人叫张成（音成，或许是诚），是位高大英俊的青年。恍惚间听说他在北京念大学，放暑假回来，要演木偶戏给全胡同的孩子看。地点在他家南房，自带小板凳，坐了好几排，前面挂着布帘，有灯光，演《武松打虎》，又舞又唱，很受欢迎。张成还有妹妹，那时起码也念五六年级，跟他一起演。我当时虽然才五六岁，但也明白人家是家境好，又有学问，对他们绝对是佩服加仰视。

那个夏天我有机会进过他家上房，屋里陈设与7号院人家就大相径庭了。多是些厚重的橱柜，上面摆着些古瓶什么的。我还见过张成的奶奶，一个眉目慈善的老人。按年龄推算，我想她应该是张彭龄的夫人。南房的另一间屋里，放一口大寿材，光线暗，看了有点害怕。

张家老太太过世时我也有印象：晚上院里点灯，请不少和尚念经，出殡时好多人抬，棺材木料好，太沉。由于和张成的关系好，胡同里小孩子虽然很淘气，但从不给张家找麻烦。现在看来，他是用文化的力量感化了众邻尤其我们这些半大小子。此外，还有一个重要的发现：在1875年以前，解元里原本叫裤裆胡同，很粗鄙，居民很反感，又无可奈何。而一旦张彭龄考中解元，大家立刻在胡同口立牌，刻字解元里，于是，更名成功。这应该感谢张彭龄，感谢5号院张家。

按说这件事应在胡同的口传文化中流传下来，但在我的记忆中，大人们从来都没提过。分析一下，可能是住户流动的原因。如7号院的6户人家，就有3户是从外地迁来的。如我家从东北过来，暂住于此。另两家则是来自山东与山西，所以大家对这里的往事并不知晓。从两院的房子看，也表明不是知根底的老邻居。我们这院南房看似与张家北房紧挨，但实际中间是有一条极窄的空隙的。有一次两房山之间的小墙被谁拆开，我钻进去，就见张家那边的山墙比这边高得多厚重得多。看来最早张家是独门独户的大院，而且一直住在这里，其他的院则是后建的。但这一切又应该形成于1875年之前，在那年之后，“解元里”就诞生了。等到有我们这一代时（1949年前后出生），时代变了，张家又是有文化的人家，明白大事，绝不会张扬胡同名字的来历。而搬到这里的人又多是孩子一大帮，大人忙着养家糊口，有的爹娘连孩子的大名都记不准（真的），就更谈不上留心胡同名字是怎么回事。很多人甚至对解元里这个“解”字如何念也弄不清。那时解放了又有解放军，有人就念解（音姐），还有与姓同念解（音谢），我也跟着这么念过。后来才知应念解（音界）。唐代科举乡试中举人者进京城会试，要有地方解送，故相沿称乡试第一为解元。

不管怎么说，解元里都是个很好的胡同名，说明这里曾出过全省考试第一优秀生。或许，也预兆了日后还要出个有点名的文人。八岁那年，我家搬到黄家花园去了，解元里成了我的“老院”。数年前路过天津，听说“老院”要拆，忙与我三姐同去。当时二道街口已拆光了，令人惊奇的是，解元里依然完好无损地站立在一片废墟旁。我们进了7号院，院内又隔出若干小院，多把锁头把门。但有一家有人，我三姐还叫出他的名字，他也记起我们。于是就聊起来，说到老人们多数还在，身体也不错，儿女都有出息，但多不在这住了，5号院的张家更是早就搬走了……从7号院出来，路过5号大门，我想起了张成，还有木偶。

后来我来天津，晚上在车里，外甥指着一片灯火灿烂的新街市，说这就是你们当年的“老院”所在地。“是解元里。”我本想叫他停车，想想又算了，滚滚车流不好站下。但我可以回望，越过时空地去回望、回望……

热河正月

吃年饭

我喜欢称承德老市区（现在又多了新区）叫热河老城。这么称呼在二十多年前过春节时显得很亲切。老城面积不大，住得满满的，一概是青砖旧屋，老街小巷弯曲着还盘往山顶。人在鞭炮声中走，低头就能看到脚下大小院落里的欢乐景象。老城，只有老城才能是这样。

三百年不曾经历战火的热河老城里，居民多是满族。满族好礼好面子好热闹好玩，春节放假的几天日子，让他们过得丰富多彩。首先当然是吃年饭，年饭有两种吃法：一是儿女们从年三十全部集中到父母家，然后就一起吃到初六上班。二是兄弟姐妹家轮着吃，一家一顿。我夫人是本地人，许多年里我们是轮着吃。轮着吃的好处是自家请一顿，受一次累，然后你就很省心地到处去吃吧。

在二十多年前，要做出一大桌或两桌能让老少十七八口像样吃一顿的饭菜，绝不是一件容易的事。需要未雨绸缪，甚至要在整个腊月里做各方面的准备。首先要有一个菜谱，具体到几凉几热荤素如何搭配。还要根据自己与夫人在家中的位置，兼考虑别人家饭菜的水平，不能高了（高不了哪去）也不能低了，更不能寒酸了。往下就得托人走后门买肉买鱼，最好是有些平时难吃到的东西，如大虾、螃蟹之类。半大孩子们对饭菜的评价是当场就表现出来的，丈母娘给了笑脸，就是最大的奖赏。我们当姑爷的，在丈母娘面前，都使劲往好里表现，对大舅哥、小舅子、大姨子、小姨子，也不敢有半点怠慢，否则，一旦夫人觉得丢了面子，就麻烦了。于是，每到春节，我都得使出浑身解数，挖空心思让自家的年饭出新。

咱天津男人会做饭，请众人吃年饭时，历来都由我掌勺。尽管我精心制作，还有几道拿手菜，但大舅哥曾当过饭店经理，通晓烹饪，连襟关系广，物资丰厚，小舅子会木工，做什么都精雕细琢。弄来弄去，我常常是名列在后。但我也有长处，我想办法备点好酒好烟，让能喝的喝个够。不过，有好几次没等人家喝多，我先醉了，主要太累。

不管忙成啥样累成啥样，欢乐总是主要的。大家聚到一起，老的少的各说各的，打牌下棋，开饭前放鞭炮，饭后孩子们去逛街，大人结伴串门，到哪里都是笑声。我夫人家亲戚多，多得我都记不准谁是谁，尤其弄不明白彼此的关系（几姑几大爷家的外甥女的什么什么，太复杂了）。加上那时我写小说正上瘾，脑子想的都是故事情节，反正到哪都说“过年好”就是了。

一个年（以放假日为准）过下来，浑身骨头节都是酸的。你想呀，一天两顿（这里过年两顿饭），上午10点到下午2点，下午4点到晚上8点，就这8个钟头，坐也把人坐乏了。尤其是你请大家那顿，基本是起床就干，半夜能把碗筷收拾利索就不错。有一年我是初三请的，等到家里彻底利索，已是正月初八了。

行酒令

热河老城正月里的微风，是裹着一股子酒香气的。毕竟是塞北，是冬季寒冷的地方，于是这儿的酒风就盛。酒桌上斗酒的场面时有所见，但自家老少吃年饭，有长辈镇着，再能喝的也不敢太放开。不过，行酒令还是要有一些的。

行酒令有文的，如作诗（顺口溜）、猜谜、字头接字尾等，然这么多人文化程度高低不等，性情急慢不同，太阳春白雪了也不行。比较通俗的还是划拳。我的拳就是在这席面上学的，但拳艺不精，手脑配合不好，一说快了就乱，就输。再有就是能划拳的终是少数，多数人干看着。后来我从别处学了一个看似简单，可玩起来才发现挺难的行酒令，即“数数”：从1往上众人挨着数，遇3（包括13、23、30至39，以此类推）和3的倍数不能数，用敲一下筷子代替。说错者（说3和3倍数的、往下接差了的、拖延时间的、卡住的等）喝一盅酒，然后由错者再从1数起。

这酒令一听就懂，开始谁都觉得自己没问题，肯定行。于是全桌老少几乎全部参加，还说争取数到100。然而一数上就露馅，甭说100，连30都数不到。渐渐，就有人退出了。待剩下几位高手，发着狠说就不信咱数不到100。结果是酒越喝越多，但数最多一次也就数到七十几。我在这上算是高手，但太多了，也犯迷糊（主要是不容工夫，得快，速度相当于小学生从1数到100）。最后是谁也不敢再数了，只好改别的酒令。

“打杠子”也是一听就明白一学就会，俩人一人拿根筷子在空中一碰算一次。杠子打老虎，老虎吃鸡，鸡吃虫，虫咬杠子。每次每人说一种，如没胜负关系，再碰再说，罚者喝酒。打杠子与划拳一样，输者不服气，赶紧喝了再来。结果往往是越喝越输，越输越喝。女同志有的头脑清醒，在一旁发现谁张嘴总爱说哪种，然后就参战，胜的概率就高。男的若屡战屡败，夫人就看不过去，或上阵挡一气，或数叨男的几句，弄得大家都笑。过年喝酒就图个乐呵，不论谁在外干什么工作什么职务，酒桌上一律平等，谁输谁喝。

上班以后，就是朋友、战友、同学之间互相请了，隔三岔五一直得请到二月二。早先是在家吃，后来都到饭馆吃，没有夫人盯着，酒就喝得暴，酒令也就没文的只有武的。拿两色子往碗里一扔，点多的赢，点少的喝。拿个纸团往空中一扔，抓住，问在哪个手，又问有了谁喝，没有谁喝。猜的已经喝多了，弄不准有了没有是你喝还是我喝，结果猜着猜不着都是他喝。

有一年正月我下乡看花会，晚上在乡里喝酒，乡长说咱击鼓传花（绸子花），就敲就传，鼓点停了，持花就喝。那天都喝多了，半夜了散了，在路边小树林解手，一位副乡长好一阵不出来，有人回去找，他正和树较劲。原来他站不稳紧贴着小树，系裤带时就把树系里面了，他还发问："这是咋回事？谁拽我不让走。"此事绝非胡编，若有人从电影电视剧中看到类似情节，那也是我的小说中的细节。

拜大佛

热河老城的正月有逛庙烧香许愿的习俗。香火缭绕的红墙黄瓦，在明艳的阳光下，背衬着碧蓝的天空，隐现在山坡片片松柏林间，远远望去，有一种仙景的感觉。

老城原有“庙城”的称谓，据书中记载，到民国初年，这城中大小庙寺共有40多座。现在，有些散落在民居中的小庙正在修复，而清朝皇家的“外八庙”，则早已修葺一新，其中最著名的是普宁寺，又称大佛寺，每年正月，香火最旺。尤其是大年初一，人流滚滚，热闹非凡。抢着烧庙门开后第一炷香，是朝拜者的最大心愿。怎么回事呢？都说第一炷香最灵验。

大佛寺坐落在城北一朝阳山坡前，前部为汉型伽蓝七堂，后部为藏寺大阁，内有高20多米木制大佛。我对这寺极为熟悉，当年我大学毕业后第一个工作单位，就在大佛寺前，而我结婚后住的房子，后窗正对着大佛寺山门。那时门票才5分钱，因熟悉，我去从不要票，只是那时那庙中破败不堪，无人管理，香火不见。

毕竟是世间少有的宝刹，能与之为邻，乃三生有幸，于是心中就长怀敬意。记得那一个个漫漫冬夜，与妻儿住在四面露风的房里（五七干校马房改的），墙上满是白霜，望窗外暴雪不停，不由悲从中来。然耳边忽闻寺内飞檐上的铜铃声，却心头一震：古寺凋残几百年，仍飞铃响四季。大雪既然已到，春天就不会远了。虽那时我当教员教哲学，但也向大佛祈求国家安定人民幸福……

这一切真的就都实现了。大佛寺现今是中国北方重要宗教活动场所。正月烧第一炷香的，有许多人是从北京、天津连夜（三十晚上）开车赶来的。尤其是子时的第一炷香，一般人是享受不着的。这也难怪，当初中国乒乓球队、棋后谢军等许多名人，出征前都在这拜大佛，以寄托美好的希望。

正月里我也去大佛寺，但初一那天人太多，我会选个相对人少一点的时间去。正月里的大佛寺金碧辉煌、流光溢彩，祈祷世界和平、国家富强、社会和谐、民众安康的红绸随风飘舞。忽然我发现不少年轻夫妇都奔大阁后山坡去烧香，但记那里原来只有一空屋。我随众人上去，见栏杆铁链上尽是同心锁，而那间屋已变成了财神殿。怪不得香火如此旺。一对小夫妻边烧香边说：“祝咱们今年多挣钱，买车买房。”

黄河阵

热河花会是有传统的，每年正月初七八就开始闹（称闹花会），十三、十四、十五是高潮。花会有会首，老话讲宁带三军不领一会。早年有规定，闹会三天县长下班，会长可行使县长的一些权力。

热河花会除了常见的秧歌、高跷、背歌、旱船、武会等档儿，还有一种不是众人在街上表演的，而是让众人参与的，这就是黄河阵。黄河阵需要场地，一般在乡下搞。最佳的场地是在戏楼、古庙旁。当年我当地区文化局局长，正月带人到乡下看花会。晚上，长空无云，月朗星稀，戏楼上锣鼓响着，关帝庙前花会打着圆场。看了一阵，有人说黄河阵的灯点齐了，咱们去跑吧。那是我第一次见了，在一片有两个篮球场大的空地上，立着四四方方的一个“阵”：齐胸高的秫秸秆，相距一步远立着，中间有绳相连，形成一条两人多宽的“胡同”。每根秸秆顶着一个用墨水瓶做的小油灯，上有防风的罩。“阵”的进口出口只有一个，但内中“胡同”却似黄河九曲十八弯，绕来绕去还岔口若干，常令人稀里糊涂走进“死胡同”。而一旦人进了“阵”，就无退回，只能绕啊绕啊，得费很长时间才能绕出了。据说这“阵”是有出处的，而当下的说法，是把黄河阵走下来，来年一年的别扭事就都没了。谁不盼望着顺顺当当呀，于是男女老少都要去走。

我也随着走进去，好在不用自己辨路，只需随着众人走。走着看着，就发现要布这么一个“阵”，确需费些功夫，首先要选粗壮的秸秆，截成一般齐，然后按阵图刨坑儿（地冻得当当的），把秸秆立起，用土埋，再浇水冻住，再拉绳，装油灯。这样一个大阵都整下来，七八个棒小伙还得有老者的指导，起码也得干十来天。

我在黄河阵里走，时而人挤在一起走不动，原来前面的在岔道处不知如何走了；时而随着人流奔跑，想必是走在通道上；时而绕来绕去，与绳那边的人看似肩并肩，但要走到他那里，不知还得绕几道弯。地上的硬土终于禁不住众人的踢踏，一股股细尘低低滚起，像舞台上打出仙界云雾，预示着来年风调雨顺，让人间享受无限的幸福。

那一夜我走过黄河阵，用了将近一个钟头。

逛山庄

正月里天天酒足饭饱，总在家中看电视、打牌对身体不好。热河老城的居民有自己的“逍遥游”，那就是去逛山庄（避暑山庄，又称离宫）。

逛山庄无须有任何准备，车呀物呀都不用，山庄就在老城内，许多人家就住在宫墙下，若是先前宫墙失修有豁口，就跟进自家后院一般。现在当然得走宫门，但路很近一溜达就到。离宫有七个门，市民持月票进城关门，宫内阳光灿烂，松柏葱葱。已渐湿润的春风刮在脸上身上，十分惬意。与家人说说笑笑，再看满苑穿着俏丽、身材高挑的热河美女，又是一种难得的盛世享受。不说假话，不能说热河女子长得比其他地方的漂亮，但身材脸型绝对是相当的好。长腿细腰，瓜子脸，胖的极少。我写小说

《热河傻妞》时寻来些素材，弄明当年（清朝）山庄中的宫娥彩女，乃至各王爷府的格格及大小丫鬟，因各种原因落户在这城里的极多。于是，满族女性特有的身材脸型就一代代传了下来，并在新时期各种化妆品的赞助下显得分外妖娆。

放眼正月里的山宫，依然是千里冰封的景象，但却没了腊月里的寒风。明镜般的湖面上有滑冰场，有又高又陡几十米长的冰滑梯，有冰耙犁、小孩的冰车、打冰嘎儿的圆场子。借了外孙子的光，我也打了一次滑梯坐了一次耙犁，耙犁是毛驴拉的，还有山羊拉，山羊只拉小孩。

正月的山庄已轻轻地走向春天。散养的梅花鹿身上的斑点渐渐清晰，阳坡的草棵下泥土颜色变深，楼台水榭的红柱也比先前艳，照相的女孩子则一身单薄，好似乍开的鲜花。

看看将上小学的外孙小鹿一般的身影，再看我与夫人在长堤上有些笨重的脚步，不由得就问莫非我们已老了。还好，山庄正月清新的空气，年轻男女的朝气，小孩子们的淘气，又让我欣喜地回忆起我的少年与青年，心情于是舒畅，脚步也变得轻快了。便想虽然岁月无居老之将至，但有幸遇到国泰民安的盛世，也是一种难得的福分。老骥伏枥，尚志在千里，何况我们才将近六十，只当是十六吧。

将近晌午时分，京、评、梆票友和歌唱队都自然而然地聚在山庄内各自的领地，唱起来，舞起来。我多是远远地看。我京剧唱得不错，如遇熟人他们会拉我去唱。过年这些日酒喝得多，只怕没带嗓子来。走到没人的树林里，我喊了几声，惊飞一群鸟，还行！

赶“乱集”

热河老城北部有一条沟，叫狮子沟，沟北山坡上有外八庙中的三个大庙。庙前有条大河，冬季无水，河床平整宽阔，每年腊月和正月，这里都有集，而且是很大的集，这集早年是自发的，老名“乱集”。现在虽然管理有序，还那么称呼着。

站在立有汉白玉栏杆的大桥上朝西望，红红绿绿、人声鼎沸的乱集铺摊在河床里，有五六十米宽，三四里地长。主要物品的摆布由近及远大致是鞭炮、年画春联、服装鞋帽、日用杂物、食品、牲畜等，一旁还有饭馆小吃、打场说书卖艺的，可谓应有尽有。这集上的东西价格便宜，原因是卖家太多，几十里甚至百里外都有人专程赶来，都想卖了不往回拉，彼此一较劲，价就下来了，也就让赶集的人格外感觉钱包充实。

走进“乱集”，有点走进“黄河阵”感觉，三趟直道四溜摊点，当中还有许多小路，容易发蒙走乱。鞭炮点独立集首交通方便，与别人不连着，防的是炸摊好救；年画春联都是立竿横绳吊着，与卖床单被单相似，映着丽日红彤彤、金灿灿的；羽绒服挂得风烟不通，棉皮鞋堆得小山一般，十元二十元一双，便宜得让你不敢买；刀剪斧镰、锅碗瓢盆铺天盖地，还有播撒谷种的农具“点葫芦”（掏空葫芦前端接空葵花杆，葫芦内装种，轻敲，种子就均匀撒出去），这东西春秋战国时就有，那古老劲，简直能收藏了；猪牛羊肉是“乱集”的中心，由于肉价低，很有吸引力，这儿的肉不咋零卖，多是十斤二十斤一块，大刀劈开，半冻半化码在案上，买回去连肥带瘦、蒸肉、炖排骨的材料都齐全；农家摊的新小米面煎饼，还有黏豆包、散状（豆面做的，吃到嘴就散），很受老城居民的欢迎，而且很便宜，两块钱八张大煎饼，一顿饭一人顶多吃两张；粮食历来是集市的主角，大米、白米在这没市场，人们爱买的是新小米、黏米、芝麻、新玉米面等。我夫人对此情有独钟，每去必买，但不多买，只为尝个鲜。

往下还有水果蔬菜摊，大葱整捆卖。还有山货，蘑菇、榛子、松子什么的。但最吸引人尤其是城里孩子的，还是卖生猪的。大猪腊月集里多，正月多卖小半大猪，养几个月，五月节就能上市。一车车白净净的小猪挤着叫着，被倒拎起来称分量，然后就离群被单独带走了。肉价上涨后，农户散户养猪就多，也不都为卖肉，自己吃也合算。

集上，买活鸡和鸡蛋的不少。卖活鸡的摊后生炉子烧热水，活着过秤然后当场宰了去毛开膛。买活鸡虽贵，但放心，大街上挎筐卖的冻鸡，化了不知是什么样。

一个“乱集”，从这头逛到那头，少说也得个把钟头。人们多少都会买点什么，空手的极少。走出河套上大道，迎面就是红墙绿瓦旌旗飘飘的古寺庙，景色美极了。打的或坐公共汽车回城里，用高压锅把蘑菇小鸡一炖，再煮新小米粥，热煎饼、黏豆包，嘿，甭提多香！关键是大饭馆子都吃不着这口。

看花灯

正月十五闹元宵，元宵之夜闹花灯。花灯齐亮万紫千红之际，正是花会舞得最热烈的时候。热河老城有不成文的规矩，无论是机关单位还是买卖家，到这一日一要备灯，二要备礼。备灯是给市民看，备礼是给闹花会的，一般是几条烟，当场打开就撒，然后就在你门前打个场，以表谢意。

早些年有一阵用电紧张，城里的花灯一时反不如乡下了。乡镇的灯各家各户或自己做或买来，点根蜡烛就能在大门口亮小半宿。灯的样式各不相同，多是表现吉庆有余的。如金鱼灯、星星灯、鸟兽灯。乡镇文化站就要丰富一些了，灯谜除了写在灯上，还写在纸上挂一绳子，谁猜着就撕下来拿去换奖品。

老城十五的花灯近些年又兴旺起来，除用电充裕，还在于有一条古御道街渐渐恢复着几百年前的景象。这条街是当年清朝皇帝由北京来避暑山庄在老城内的最后一段，有六七里长。前后三道大牌楼，分别题“光天化日”“九功惟叙”“八表同风”的金色大字。这街原叫西大街，我当人大代表建议改成御道街并重新装饰街两旁门面，市里采纳了，现在这条街多少有些古香古色的味道了。

热河老城正月十五之夜，就从御道街开启，家家各显其长，店店互不相让，再加上原有的门面装饰灯，就有点争奇斗艳了。这灯阵将近避暑山庄时，又有文庙和关帝庙。文庙虽正在抓紧修，也得有灯火表明文明府地诗书为先。关帝庙则是重建不久，香火正旺，正月十五还有活动，且不要门票。庙里庙外灯烛齐亮香烟袅袅，关老爷端坐正殿手捋美髯观春秋，一旁周仓捧着大刀，大脸在灯火的映照下油黑发亮。

避暑山庄的灯是从夏季夜游山庄时就开始的。入冬歇一阵，到正月十五这一夜要重放。灯光将山庄宫墙变成了长城，把白雪冰封的湖面染成了山水画，把高塔亭阁映成了幻影。我去了，登上城楼站在一串大红宫灯下，一时间如走进仙境，如痴如醉。

十五的花灯如今又从城里照到城外，先是用彩灯照亮了硕大的棒槌山，又照亮了河东的罗汉山。罗汉山仿佛乐山大佛，面河而坐，只是未有人工雕琢，形状既像一光头胖大罗汉，还像笑口常开的弥勒佛。

外八庙要防火，庙内是绝不可拉线架灯的。但普宁寺（大佛寺）庙外上客堂（宾馆）和临街店房，还是灯火通明的。虽地处市郊，也有人去看。

十多年前，有酒厂出钱，正月十五放烟花。头一次放时，万人空巷了。横贯老城的河叫武烈河，烟花就在宽宽河床里放，照得老城色彩斑斓。后来年年放，人们就不那么新奇了，边在街上观灯，边抬头看夜空中绽开的铁树银花。

热河正月，让人陶醉……